新装版

和讃

仏教のポエジー

武石彰夫

法藏館

本書は、昭和六一（一九八六）年刊行の『法蔵選書　和讃　仏教のポエジー』第一刷をオンデマンド印刷で再刊したものである。

再刊にあたって、今日の人権意識に照らして好ましくない表現のある箇所がありますが、原文の時代背景や著者が差別を助長する意図で使用していないこと、著者が故人となっていることなどを考慮し原文のままとしました。

目次

第一章　和讃の形成と展開　7

第一章　和讃の形成と展開

一　仏教歌謡と和讃

一　仏教歌謡

仏教歌謡の定義

仏教歌謡を狭義に解すると、法会に用いられる、漢讃・讃嘆・和讃・教化・訓伽陀の類があげられる。これは、仏教歌謡としては最も正統的なものであり、仏教文学作品として高く評価し得る。法会は仏教儀礼であり信仰感動の率直具体的な表現である。利他行としての法会には外儀が重要であり、多くの人を信仰の道に導くが、そのためには、典礼音楽としての声明―仏教音楽が重要な役割を果たすのである。したがって、その歌詞である和讃・教化・訓伽陀などは、まさに、宗教的価値と文学的価値を最大限に調和させた信仰感動の詩的発露でなければならない。

次に、広義の仏教歌謡としては、信仰の庶民化、講の発達のなかで、寺院の法会をはなれ、信者が中心となって歌われた歌謡の類、和讃・法文歌・念仏讃・御詠歌などがある。また寺院の芸能として行われた延年の類、唱導から生まれた説経節、琵琶法師の語りものなどが、より周辺的なジャンルとして考えられるが、きわめて豊かな歌謡性、文学的性格を有するものが少なくないことに注目したい。

次に、いわば、仏教的歌謡と呼ぶべき作品がある。たとえば、宴曲・小歌・田植草紙・謡曲類には、仏教に素材を求め、仏教的内容を主として、仏教思想の浸潤が認められる作品も多い。これらは、必ずしも宗教的目的から製作されたものではないが、中世における顕密諸宗のみならず、新仏教の滲透の具体相を知り得るものとして貴重であり、研究対象として十分の価値を有するものが多い。なお、近世のおびただしい歌謡群にもこの種の作品は多いが、ほとんど未開拓の状況である。

仏教歌謡の分類

狭義の仏教歌謡としては、讃嘆を和讃の前身とし、教化・訓伽陀と分類するのが穏当であろう。和文の歌謡についで、漢讃の存在も別立して然るべきである。和讃は、①正統的な法会に歌謡として用いられたもの、②講の受容に伴って生成したもの、③一般庶民信仰として広く受容されたものもあり、その内容は多岐にわたるが、やはり、①を中心として考えたい。以上は、いわゆる謡いものとしての仏教歌謡であるが、より周辺的な語りものとしての、講式・表白・願文・諷誦文・祭文などがあり、研究対象として逸するわけにはいかない。

形式から見ると、①古代仏教歌謡に見られる短歌形式のもの（これが読む歌としての釈教歌を生み、ここから、歌う歌としての御詠歌が再生した点は興味深い）、②七五調四句形式のもの——

和讃・訓伽陀、③散文詩形式のもの――教化が考えられる。②③が主流となって展開した点に、仏教歌謡の達成が見られるのである。

讃嘆以前

我が国における和文の仏教歌謡中最古のものは『万葉集』巻八にのる「仏前の唱歌」一首である。天平十一(七三九)年の冬十月、皇后宮の維摩講に、終日大唐高麗等の種々の音楽を供養し、この歌詞を唱えたとして、

時雨の雨間なく降りそ紅ににほへる山の散らまく惜しも

をのせる。初冬の自然観がそのままに仏会を讃嘆する心となっており、「草木国土悉皆成仏」とする仏教の自然観と素直にとけ合っている点、古代人の宗教意識を率直に投影している。

天平勝宝四(七五二)年四月、東大寺の大仏開眼供養が行われ、元興寺から奉献した次の三首の歌がある。一大音楽供養であった法会に直接歌われたものではないが、内容的には完全な仏教讃歌である点が注目される。(『東大寺要録』)

ひみがしの山辺を清み邇井之せる盧舎那仏に花奉る(――線部訓読不明)

法のもと花咲きにたり今日よりは仏の御法さかえ給はむ

みなもとの法の興りし飛ぶや鳥飛鳥の寺の歌献る

次に、いわゆる奈良薬師寺の仏足石の傍にある石碑に刻まれている仏足石の歌謡二十一首がある。天平勝宝四年、ないし五年、また天平勝宝のころの成立とするが、金石文として現存する仏

教歌謡の原資料として貴重である。作者は、文室真人智努王かともいわれる。唐の王玄作がインドから仏足石を写しかえったのを、日本の黄書本実が写して帰朝し、右京の禅院においたのを、智努王がなき夫人茨田女王（智努王の母かともいう）の追福のために作ったといわれる。インド・中国・日本を通じて仏の足跡をうやまえば生身の仏を礼拝するのと同じく、無量の罪障を滅すると信ぜられたのである。内容は、完全な仏教歌謡であり、特に、単に「恭《フ》二仏跡《ヲ》一」十七首のみでなく、「呵二嘖《ス》生死《ヲ》一」の四首は信仰の内面化を歌いあげたものとして注目される。五・七・五・七・七・七の六句体は、短歌体に一句を加えた形で、諷誦の際の口調からおこった法会の歌謡として評価すべきであろう。

恭《フ》二仏跡《ヲ》一

1 御足跡《みあと》作《つく》る　石《いし》の響《ひび》きは　天《あめ》に到《いた》り　地《つち》さへ揺《ゆ》すれ　父母《ちちはは》がために　諸人《もろひと》のために
2 三十余《みそちあま》り　二《ふた》つの相《かたち》　八十種《やそくさ》と　具足《そだ》れる人《ひと》の　踏《ふ》みし足跡《あと》どころ　稀《まれ》にもあるかも
3 善《よ》き人《ひと》の　正目《まさめ》に見《み》けむ　御足跡《みあと》すらを　我《われ》はえ見《み》ずて　石《いは》に彫《ゑ》りつく　玉《たま》に彫《ゑ》りつく
4 この御足跡《みあと》　八万光《やよろづひかり》を　放《はな》ち出《い》だし　諸〻《もろもろ》救《すく》ひ　済《わた》したまはな　救《すく》ひたまはな
5 如何《いか》なるや　人《ひと》に坐《いま》せか　石《いは》の上《うへ》を　土《つち》と踏《ふ》みなし　足跡《あと》残《の》けるらむ　貴《たふと》くもあるか
6 丈夫《ますらを》の　進《すす》み先立《さきた》ち　踏《ふ》める足跡《あと》を　見《み》つつ偲《しの》はむ　直《ただ》に会《あ》ふまでに　正《まさ》に会《あ》ふまでに
7 丈夫《ますらを》の　踏《ふ》み置《お》ける足跡《あと》は　石《いは》の上《うへ》に　今《いま》も残《のこ》れり　見《み》つつ偲《しの》へと　長《なが》く偲《しの》へと
8 この御足跡《みあと》を　尋《たづ》ね求《もと》めて　善《よ》き人《ひと》の　坐《いま》す国《くに》には　我《われ》も参《まゐ》てむ　諸〻《もろもろ》を率《ゐ》て

9 釈迦《さか》の御足跡《みあと》　石《いは》に写《うつ》し置《お》き　敬《うやま》ひて　後《のち》の仏《ほとけ》に　譲《ゆづ》りまつらむ　捧《ささ》げまうさむ
10 これの世《よ》は　移《うつ》り去《さ》るとも　常葉《とことは》に　栄残《さのこ》り坐《いま》せ　後《のち》の世《よ》のため　又《また》の世《よ》のため
11 丈夫《ますらを》の　御足跡《みあと》　┌┐　麻頻良乎能　美阿止　┌┐
12 幸《さき》はひの　厚《あつ》き　輩《ともがら》　参到《まゐた》りて　正目《まさめ》に見《み》けむ　足跡《あと》のともしさ　嬉《うれ》しくもあるか
13 拙劣《をぢな》きや　我《われ》に劣《おと》れる　人《ひと》を多《おほ》み　済《わた》さむためと　写《うつ》しまつれり　仕《つか》へまつれり
14 釈迦《さか》の御足跡《みあと》　石《いは》に写《うつ》し置《お》き　行《ゆ》き廻《めぐ》り　敬《うやま》ひまつり　我《わ》が世《よ》は終《を》へむ　この世《よ》は終《を》へむ
15 薬師《くすりし》は　常《つね》のもあれど　賓客《まらひと》の　今《いま》の薬師《くすりし》　貴《たふと》かりけり　賞《め》だしかりけり
16 この御足跡《みあと》を　廻《まは》りまつれば　足跡主《あとぬし》の　玉《たま》の装《よそ》ほひ　思《おも》ほゆるかも　見《み》る如《ごと》もあるか
17 大御足跡《おほみあと》を　見《み》に来《く》る人《ひと》の　去《い》にし方《かた》　千世《ちよ》の罪《つみ》さへ　滅《ほろ》ぶとぞいふ　除《のぞ》くとぞ聞《き》く
呵㆓嘖ス生死ヲ㆒
18 人《ひと》の身《み》は　得《え》がたくあれば　法《のり》の為《た》の　因縁《よすか》となれり　努《つと》め諸《もろもろ》々　進《すす》め諸《もろもろ》々
19 四《よ》つの蛇《へみ》　五《いつ》つの鬼《もの》の　集《あつ》まれる　穢《きたな》き身《み》をば　厭《いと》ひ捨《す》つべし　離《はな》れ捨《す》つべし
20 雷《いかづち》の　光《ひかり》の如《ごと》き　これの身《み》は　死《しに》の大王《おほきみ》　常《つね》に偶《たぐ》へり　畏《お》づべからずや
21 □つ□□□　□□□□ひたる　□□の為《た》に　薬師求《くすりしもと》む　良《よ》き人求《ひともと》む　覚《さ》まさむがために

（『古代歌謡集』「日本古典文学大系」）

以上、仏教歌謡の源流として短歌体が用いられていることに注目したい。

讃　嘆

讃嘆は、和讃の前身であるが、仏教歌謡のジャンルとして独立した位置をしめていることは疑う余地はない。前述の和歌形式を受け、奈良朝成立を推定し得る「法華讃嘆」と「百石讃嘆」がある。

前者は、『法華経』巻五の「提婆達多品」を原拠とし、延暦十五（七九六）年に創始された法華八講で、提婆品を講ずる折の「薪の行道」に唱えられたもの。（法華会は、すでに天平十八〈七四六〉年三月東大寺で修せられたのが始めである。）本文は、

法華経ヲ　我ガエシコトハ　タキギコリ　ナツミ水クミ　ツカヘテゾエシ

であるが、天台宗では、終わりの一句をくり返し六句体とする。『三宝絵詞』には、光明皇后の作、また、行基菩薩の伝えとし、『拾遺和歌集』では、光明皇后作とする。

後者は、短歌体を祖とし、諷誦の過程で八句体→十句体→十四句体に展開したものであろう。『心地観経』を典拠とし、母の恩を讃嘆し、報恩の心を述べたものであり灌仏会などに用いられた。行基作も推測の域を出ないが、用語には古体が見られる。

百 石 讃 歎

1　叡山所伝（奈良之ニ同ジ）

百石《モモサカ》ニ八十石《ヤソサカ》ソヘテ給ヒテシ、乳房《チブサ》ノ報《ムク》イ今日ゾワガスルヤ、今ゾワガスルヤ、
今日《ケフ》セデハ、何《イツ》カハスベキ、年《トシ》モ経《ヘ》ヌベシ、サ代《ヨ》モ経《ヘ》ヌベシ。

2　高野山所伝

百石《モモイシ》ニ付八十石《ヤソイシ》ソエテ　タマヒテシ　乳母《チブサ》ノ報《ムクイ》
今日《ケフ》ゾ　ワガスル　イマゾ　我《ワガ》スル
今日《ケフ》セデハ　何《イツ》カハスベキ　年ハ経《ヘ》ヌベシ　狭夜《サヨ》モヘヌベシ

返様（二反目ハ音頭計）

今日セデハ　何《イツ》カハスベキ　年ハヘヌベシ　狭夜モヘヌベシ

附　厚恩賛

先考《センカウ》ノ恩ハ　高キ山　弥盧《ミロ》モ喩《タトヘ》ニ　ヒキキ報《ムクイ》
今日ゾ我スル　イマゾ我スル　今日セデハ　何《イツ》カハスベキ
年ハ経ヌベシ　狭夜モヘヌベシ

返様（是ヨリ反音ハ百石讃ノゴトシ）

今日セデハ　何カハスベキ　年ハヘヌベシ　狭夜モヘヌベシ

報恩

荷恩之謝啓日夕《ジッセキ》ニ　臆《ムネ》ニ響キ尽《ツト》モ間《マ》無キ報

師恩

師徳《シトク》ノ謝難キハ付無数ノ　恆沙モ喩エ無キ報
此後ハ百石厚恩ノ如ク今日ゾ我スルヨリ

3　三宝絵詞所載

百石に八十石添へて　給ひてし乳房の報い
今日せずばいつかわがせむ　年はをつさよは経につつ　（『日本歌謡集成』）

4　拾遺和歌集所載

百くさに八十くさそへて給ひてし乳房のむくい今ぞわがする。

ついで、慈覚大師作を推定し得る「舎利讃嘆」がある。七五・八五・八六・七四等をまじえた七十二句から成る長編歌謡で、和讃への展開の重要な地位を示す作品である。凝然の『声明源流記』（『大正新脩大蔵経』八四）にはその流伝を詳述している。中道思想、浄土思想が見える点注目される。本文の前段は「四座講法則」にも取り入れられ東密一家に用いられている点、流布の広さがうかがわれ法会の歌謡としての生命力を維持しつづけた点、日本語の讃歌として見逃せないと思われる。

舎利讃嘆

仏ノ御舎利ハ
（同音）遇フコト難シヤ
敬フコト難シヤ。一度《ヒトタビ》モ遇ヒテ誠心《マゴコロ》ニ礼《ヲロガ》メバ
悪趣ヲゾ永ク離ルルヤ。浄土ニゾ早ク生ルルヤ。
無量劫ヲ経シカドモ　未曾《イマダムカシ》ニモ遇ハザリキ。

今日ゾ我ガ遇ヘル。今日ゾ礼ミ奉ル。
見ル人聞ク人悉ク　近モ遠モ諸共ニ、
仏ノ道ニ入リハテヌ。聖ノ位ニ定マリヌ。
釈迦如来照シ給ヘ。弥勒慈尊鑒ミ給ヘ。　（初段）
聖主世尊ノ誡《イマシメ》
（同音）人ノ身得ルコト難シヤ。
仏ノ御法ヲ聞クコト希ナリヤ。
生レ難キ人ト生レテ　空シク過《スグ》サムガ悲シサ。
遇ヒ難キ御法《ミノリ》ニ末和比《マワヒ》テ　徒ニ廃レムゾ悔シキ。
宝ノ山ニ昇ル人　手ヲ空シク帰ラジヲヤ。
法ノ庭ニ遇ヘルモ　於保呂介《オボロケ》ノ契ニハ非ジヲヤ。
深キ智慧コソ叵《カタ》カラメ　浅キ功徳営マム。
箜篌《クウゴ》ノ調ベ笙ノ音《オト》　真如ノ御法ニ違ヘジヤ。
傾クル首《カワベ》挙グル袖　密印《ミッチン》ノ教ニ合《カナ》ヘムヤ。
香ノ煙ハ設《タト》ヒ細クトモ　法界ノ空ニ匂ハム。
花ノ色ハ縦ヒ浅クトモ　十方ノ薗ニウツサム。
一ツノ色一ツノ匂　何レカ中道ニ背カム。

麁《アラ》キ詞軟《ニゴ》キ詞　併《シカシナガラ》勝義ニ改メム。
現在諸仏照シ給へ。当来導師鑒ミ給へ。　（中段）
六度ノ中《ナカ》ニ勝レタル
（同音）布施波羅蜜勤メヤム。
智慧波羅蜜習ハムヤ。
衣《コロモ》ハ眼《メ》ノ前ノ色ヲヤ　財《タカラ》ハ身ノ後ノ助《タスケ》カハ
惜ミテ施サヌ輩《トモガラ》　貪リテ貯フル類《タグヒ》コソハ
楽ミ尽クル時ニハ　即チ苦ミ替ル者ヲヤ。
冷《スズ》シト思ヒシ衣《コロモ》モ　熱鉄ノ服《キモノ》ト身ヲゾ焼ク。
甘シト思ヒシ味モ　熱鉄ノ丸《マロガシ》ト舌ヲ焼ク
適《タマタマ》悪趣ヲ免レテ　纔ニ人ト生レテハ
寒ク裸ナル形困《タシナ》シヤ。　貧シク賤シキ宅《イヘ》悲シヤ。
施シテ惜マヌ諸人ハ　目ノ前往末《ユクスヱ》相兼ネテ
衣ハ夏冬妙ナリキ。　宝ハ内外《ウチト》ニ豊ケリヤ。
遂ニ凡身《コノミ》ヲ離レテ　永ク仏ノ位ニ登レバ
法身ノ瓔珞ハ際《キハ》モナシ。　浄土ノ荘厳尽キモセズ。
今日ゾ我ガ施ス。今日ゾ我ガ惜マヌ。

三世ノ如来照シ給ヘ。十方ノ浄土収メ給ヘ。(後段)(『日本歌謡集成』)

漢讃

法会の歌謡として諷誦を目的として作られた漢詩、また、仏教信仰ないし仏教思想などを漢詩として表現したものが、のち仏会歌謡として用いられたもの、の二種が考えられる。経典中の偈頌は、梵本からの訳出である点、漢讃とは異なる。中国で作られた曇鸞の『讃阿弥陀仏偈』、善導の『往生礼讃偈』のごときはまさしく漢讃であろう。仏教詩の類は古くから作られ、『万葉集』以下、勅撰漢詩文集にものるが、漢讃としては、村上天皇の子、後中書王の「西方極楽讃」など、『和漢朗詠集』、訓伽陀、法文歌に影響を与えた点で注目される。『本朝文粋』『続本朝文粋』所収の「讃」には諷誦の可能性を指摘し得るものがある。慶滋保胤の「十方仏土之中」以下四句は、『和漢朗詠集』に収められ、法文歌となって流布した。いま、『和漢朗詠集』仏土に収められた作品をあげておこう。

十方仏土《じふはうぶつど》の中《なか》には　西方《さいはう》を以《もつ》て望《のぞみ》とす
九品蓮台《くほんれんだい》の間《あひだ》には下品《げほん》といふとも足《た》んぬべし　保胤《ほういん》

十悪《じふあく》といふともなほ引摂《いんぜふ》す　疾風《しつぷう》の雲霧《うんぶ》を披《ひら》くよりも甚《はなはだ》し
一念《いちねん》といふとも必《かな》らず感応《かんおう》す　これを巨海《こかい》の涓露《けんろ》を納《い》るるに喩《たと》ふ　後中書王《ごちうしよわう》

大江定基の「臨終詩」にのる「坐歌遙聴孤雲上《ニユノ》　聖衆来迎落日前《スノ》」のごときは、広く西方願生者に調唱され、仏教歌謡化したものであろう（『平家物語』灌頂巻にも引用されている）。さらに、平安末期に至っても漢讃は製作されたようであるが、次第に和讃にとってかわられる運命にあった。ただ、親鸞の『教行信証』行巻の末尾にのる「正信念仏偈」は、七言一句、百二十句に及ぶ漢讃であり、蓮如が文明五（一四七三）年『三帖和讃』に加えて以来真宗の行儀となり、宗教的感動を今に伝えている。

正信念仏偈

無量寿如来に帰命し　不可思議光に南無したてまつる
法蔵菩薩因位の時　世自在王仏の所に在して
諸仏浄土の因　国土・人天之善悪を観見して
無上殊勝の願を建立し　希有の大弘誓を超発せり
五劫之を思惟して摂受す　重ねて誓ふらくは名声十方に聞えんと
普く無量・無辺光　無礙・無対光炎王
清浄・歓喜・智慧光　不断・難思・無称光
超日月光を放ちて塵刹を照らす　一切の羣生光照を蒙る
本願の名号は正定の業なり　至心信楽の願を因と為す
等覚を成り大涅槃を証することは　必至滅度の願成就すればなり
如来世に興出したまふ所以は　唯弥陀の本願海を説かんとなり

五濁悪時の羣生海　応に如来如実の言を信ずべし
能く一念喜愛の心を発せば　煩悩を断ぜずして涅槃を得
凡・聖・逆・謗斉しく廻入すれば　衆水の海に入りて一味なるが如し
摂取の心光は常に照護したまふ　已に能く無明の闇を破すと雖も
貪・愛・瞋憎の雲霧　常に真実信心の天を覆へり
譬へば日光の雲霧に覆はるれども　雲霧の下明にして闇無きが如し
信を獲て見て敬ひ大に慶喜すれば　即ち横に五悪趣を超截す
一切善悪の凡夫人　如来の弘誓願を聞信すれば
仏は広大勝解の者と言へり　是の人を分陀利華と名く
弥陀仏の本願念仏は　邪見・憍慢の悪衆生
信楽受持すること甚だ以て難し　難の中の難斯に過ぎたるは無し
印度西天の論家　中夏・日域の高僧
大聖興世の正意を顕はし　如来の本誓機に応ずることを明す
釈迦如来楞伽山にして　衆の為に告命したまはく南天竺に
龍樹大士世に出でて　悉く能く有無の見を摧破し
大乗無上の法を宣説し　歓喜地を証して安楽に生ぜんと
難行の陸路の苦しきことを顕示し　易行の水道の楽しきことを信楽せしめたまふ

弥陀仏の本願を憶念すれば
自然に即時必定に入る
唯能く常に如来の号を称して
大悲弘誓の恩を報ず応しといへり
天親菩薩は論を作りて説かく
無礙光如来に帰命したてまつると
修多羅に依りて真実を顕はし
横超の大誓願を光闡し
広く本願力の廻向に由りて
羣生を度せんが為に一心を彰したまふ
功徳の大宝海に帰入すれば
必ず大会衆の数に入ることを獲
蓮華蔵世界に至ることを得れば
即ち真如法性の身を証せしむ
煩悩の林に遊びて神通を現じ
生死の薗に入りて応化を示すといへり
本師曇鸞は梁の天子
常に鸞の処に向ひて菩薩と礼したまへり
三蔵流支浄教を授けしかば
仙経を焚焼して楽邦に帰したまひき
天親菩薩の論を註解して
報土の因果は誓願なりと顕はしたまふ
往還の廻向は他力に由る
正定之因は唯信心なり
惑染の凡夫信心発しぬれば
生死即ち涅槃なりと証知せしむ
必ず無量光明土に至れば
諸有の衆生皆普く化すといへり
道綽は聖道の証し難きことを決し
唯浄土の通入す可きことを明す
万善の自力勤修を貶し
円満の徳号専称を勧む
三不・三信の誨慇懃にして
像末法滅同じく悲引したまふ

一生悪を造れども弘誓に値ひぬれば　安養界に至りて妙果を証せしむといへり
善導独仏の正意を明かにし　定散と逆悪とを矜哀して
光明・名号は因縁なりと顕はしたまふ　本願の大智海に開入すれば
行者正しく金剛心を受け　慶喜一念相応の後
韋提と等しく三忍を獲　即ち法性之常楽を証せしむといへり
源信広く一代の教を開きて　偏に安養に帰して一切を勧む
専雑の執心浅深を判じ　報化二土正しく弁立したまふ
極重の悪人は唯仏を称すべし　我も亦彼の摂取の中に在れども
煩悩眼を障へて見たてまつらずと雖も　大悲倦きこと無くして常に我を照したまふといへり
本師源空は仏教に明かにして　善悪の凡夫人を憐愍し
真宗の教・証を片州に興し　選択本願を悪世に弘めたまふ
生死輪転の家に還来ることは　決するに疑情を以て所止と為す
速に寂静無為の楽に入ることは　必ず信心を以て能入と為すといへり
弘経の大士・宗師等　無辺の極濁悪を拯済したまふ
道俗時衆共に同心に　唯斯の高僧の説を信ず可し　（『聖典浄土真宗』）

教　化

法会に用いられる歌謡で導師がソロで朗唱する。「説法教化」の意味であろう。漢讃文が和文化した唱導秀句の歌謡化といえる。抒情性豊かに、宗教感動を盛りこんだ詩的表現は高い。つまり、外儀化他の法会における導師の歌謡化された説法であるから、導師がそれぞれの法会の場で字句表現を工夫し、人々の信仰心に訴えるようつとめたものであり、旋律も美しい。和讃と並んで仏教歌謡の文学的創造を見せるのである。成立は、和讃に等しいか、ややおくれて、花山・一条天皇ごろ、藤原時代の法会のなかに開花し展開したが、次第に固定化した。教化こそ仏教歌謡としての王朝の新体詩といえる。教化の語は『西宮記』に初出し、以下、『紫式部日記』『枕草子』『小右記』『左経記』『中右記』『江家次第』等に所出する。懐空の「教化の文章色々」は、最盛期における教化の一大集成であり、用いられた法会・年月を明らかにする作品が知られている。ついで、『雑筆集』所載教化が平安末期の教化三十余篇を集成している。

教化の基本形式は四句一章(片句)で、四句二連(八句)以上を諸句《もろ》という。後世、真宗教団では和讃を教化として用いているのは転用の例である。法会では、表白・神分などの奥、仏名の後に唱えるのが常である。その実態については、台密の『阿娑縛抄』、東密の『覚禅抄』などによるべきである。なお、栂尾祥雲『秘密事相の研究』は、法儀研究のための必須の文献である。

承平三年、円宗寺の修正に用いられた教化を一首あげておこう。

如来ノ御相好ハ　法界ニ満テリト聞ショリ　夏ノ蓮ノアサヤカナルモ　青蓮ノ眼トゾ覚ル
如来ノ御相好ハ　仏刹ニ遍シト承レハ
秋ノ月満テルモ　満月ノ顔トゾ見給ケル

訓伽陀

伽陀は梵語ガーター gāthā の音写で、諷誦・偈頌・偈と訳する。訓伽陀は、伽陀を訓じたものではなく、和文の伽陀のことである。漢語の伽陀は、法会の歌謡として最も正統的なものであるが、和讃・教化など和文の讃歌が生成される過程で、その影響をうけて成立したものといえる。教化の盛行が藤原時代であるのに対し、むしろそれ以後中世にかけて盛行した点が注目される。訓伽陀は、『梁塵秘抄』の法文歌の母胎となったもので、法文歌のなかには訓伽陀から転用されたものも多い。七五調四句一章を基本とするが、二句が伽陀、二句が訓伽陀の半訓伽陀と称するものも見られる。『金沢文庫本伽陀集』『諸経要文伽陀集』に集成が見られ、また、時衆の本作和讃にも多く摂取されている。和讃・教化に比して文学的創造性に劣るのは、あくまでも法会の歌謡として式衆によってのみ歌われるからであろうか。

ちなみに、東密では、門前伽陀・総礼伽陀・別礼伽陀・讃歎伽陀・廻向伽陀の五種があり、それぞれ伽陀士の作法がある。

形式には三種あり、七五調四句形式のもの、朗詠体のもの、和歌体のものがある。いま、法隆寺所用の訓伽陀で、後、法文歌の極楽歌に摂取されたものをあげてみよう。成立は、平安中期にさかのぼり得る作品である。

極楽浄土ノ東門ハ　難波ノ海ニソムカヘタル　転法輪所ノ西門ニ　念仏スル人マキレトテ

講　式

宗教体系を一にした同信の集まりである講会に用いる式文。講讃の文章と歌頌音楽を要素とする。優麗典雅な文章をもって宗教感動を表現し、おのずと聴者を宗教信仰に導くものでなければならぬ。叙事的抒情性をもった創作文学であり唱導文学的性格を有し、和讃とも密接な関係をもつ。講式に和讃を伴ったことは東密に著しい特色である。恵心僧都を中心とした信仰集団から発した「二十五三昧式」が創始であり、『源氏物語』松風の巻、『栄花物語』音楽の巻に記す「普賢講作法」は講式の原初型として当時盛行したもので「十楽講作法」とともに恵心作が肯定される（『平家物語』他に多くの影響を与えた「六道講式」は、「二十五三昧式」を簡略化したもの）。永観の「往生講式」は、文章流暢な抒情的作品で構成展開は式の根本とされた。他、真源の「順次往生講式」、東密で四座講に用いる明恵撰の舎利・遺跡・涅槃・羅漢の四式など著名である。平曲は、講式の和文化とも考えられ、宴曲も郢律講に用いられるなど管弦声楽、さらに芸能にも影響を与えた。いま、「往生講式」の「讃歎極楽門」をあげてみよう。

第五、讃歎極楽とは前には聖衆の来迎を明しつつ、次ぎに長く娑婆を別れて初めて極楽に生れん、その時を想像《おもひや》れ。

瑠璃の地には宝樹行列して影光赫奕《かくしやく》たり、七宝の池には蓮華開敷して馨香芬烈せり。樹下には天人聖衆の遊ぶ光り、華の色に映じ、池の畔には鳧雁《ふがん》鴛鴦の囀る声、浪の音に和す。又宮殿万々たり、楼閣重々たり。鳳の甍《いらか》黄金を連ね、鴛の瓦瑠璃を竝べたり。宝幢地を照し、旛蓋天に翻へる。山水の影畳んで頗梨の壁に画くかと疑ひ、華幢の像《かたち》写りて瑠璃の枢《とぼそ》に華《いろど》るかと誤る。珠の簾を上ぐれば瓔珞露を垂れて、風に随つて乱転し、金の扉を排《をしひら》けば異香先づ薫じて、沈檀芳ばせを交へたり。台《うてな》には昔聞きし、忍辱の宝衣を布き、帳《とばり》には古へ求めし、解脱の瓔珞を垂れたり。又宝座を並べ、又宝衣を重ねたり。荘厳七宝を鏤《ちりば》め、光曜鸞鏡を瑩《かゞや》く。簫笛琴箜篌、楽を雲の上に奏し、琵琶鐃銅鈸、曲を階の下に鎗《しら》ぶ。苦、無常の音には大悲の涙先づ落ち、空、非我の調べには実相の理《ことは》り漸く顕はる。しかのみならず徐に瑠璃の地を歩めば、金縄道を界ひ、漸く栴檀の林を過ぐれば、落華路を失ふ。功徳池の浜を行けば波苦空を唱へ、楽音樹の下に至れば風常楽を調ぶ。宮殿より空殿に至り、林池より林池に至るに、或は説法集会の処あり、或は坐禅入定の処もあり、或は伎楽歌詠の処もあり、或は神通遊戯の処もあり、宮殿楼閣は過ぎ過ぐれども尽きず、界道林池は行き行けども際《きは》なし。実に浄土の荘厳は見れども見れども長《とこしへに》今《めづ》らしい哉。心猶駐《とゞ》まるは黄金樹林の暮の色、涙留まらざるは上品蓮台の暁の楽、凡そ色を見、声を聞く皆見仏聞法の因縁なり。香を聞き、味を嘗むる是れ発心修行の方便なり。かくの如く経歴して遂に大宝の宮殿に詣でゝ、始めて弥陀如来を拝みたてまつれば、妙覚高貴の体《すがた》殊に珍しふして、仏果円満の相是れ新たなり。面輪端正にして秋の月雲を出で、白毫赫奕として春の日光りを添ふ、青蓮の眦り鮮かにして、慈悲の相を現じ、丹菓の脣厳にして、愛敬の相を含み給へり。凡そ厥の一々の相海は、金山王の体を繞つて、無量の光り十方世界を照らさずと云ふことなし、尊相蕩々として威徳巍々たり、聖衆星の如く列つて満月の尊容を讃じ、諸天雲の如く集つて微妙の音楽を奏す。昔は纔かに弥陀如来の名号を伝へ聞き、今は親しく八万四千の相好を拝見す。豈に図りきや、空しき牀《ゆか》に独り念仏せし夜、今衆会に列《つら》なつて忽ちに巨益《こやく》に預るとは。しかのみならず十方世界に往返遊行して、初成道の仏には転法輪を請じ、入涅槃の仏には久住世を請ふ。益を得、記に預らんこと亦復かくの如し。

仍つて各々極大歓喜の心に住して、極楽を讃歎し、弥陀仏を礼拝したてまつるべし。

歌頌に曰はく

彼の世界の相を観ずるに、　三界の道に勝過す。
究竟して虚空の如く、　広大にして辺際なし。
面善円浄にして満月の如く、　威光は猶し千の日月の如く、
声は天鼓倶翅羅の如し、　故に我れ弥陀尊を頂礼したてまつる。

南無西方極楽化主大慈大悲阿弥陀仏　三礼十念

表白文・願文・諷誦文・祭文

表白文は、法会や修法に際して本尊の前で法事の趣旨・願いを申しのべる文章。初めに本尊等の三宝に帰依し、次に本尊の内証、外用、誓願利生の徳を讃嘆し、次に行者が求める趣旨・事由を明らかにするもので、文は、新案また古文を用いる。表白を形成する語句には次序法則があり、また法会の趣旨によって一定の型がある。願文は、諸種の法会において祈願の意趣を述べた文章。

最澄の「願文」をはじめ、空海の『性霊集』や『本朝文粋』などにも多く収められ、日本漢文学の作品として高く評価されるものが多い。

願《がん》文《もん》（最澄）

悠々《ゆうゆう》たる三界《さんがい》は純《もは》ら苦にして安きことなく、擾々《じょうじょう》たる四生《ししょう》はただ患にして楽しからず。牟《む》尼《に》の日久しく隠れて、慈尊の月未だ照さず。三災の危きに近づきて、五濁の深きに没《しず》む。しかのみならず、風命《ふうみょう》保ち難く、露体消え易し。草堂楽しみなしと雖も、然も老少、白骨を散じ曝《さら》す、土室闇《くら》く迮《せま》しと雖も、而も貴賤、魂魄《こんぱく》を争ひ宿す。彼れを瞻《み》己れを省《かえりみ》るに、この理必定《ひつじょう》せり。仙丸未だ服せず、遊魂留め難し。命通《みょうつう》未だ得ず、死辰何《ししんいつ》とか定めん。生ける時善を作《な》さずんば、死する日獄の薪と(成らん)。得難くして移り易きはそれ人身《にんしん》なり。発《おこ》し難くして忘れ易きはこれ善心なり。ここを以て、法皇牟尼は大海の針、妙高の線《いと》を仮《か》りて、人身の得難きを喩況《ゆきょう》し、古賢禹王《うおう》は一寸の陰《とき》、一寸の暇《いとま》を惜しみて、一生の空しく過ぐることを歎ぜり。因なくして果を得るはこの処《ことわり》あることなく、善なくして苦を免るるはこの処あることなし。

伏して己が行迹《ぎょうせき》を尋ね思ふに、無戒にして竊《ひそ》かに四事の労《いたわ》りを受け、愚癡にしてまた四生の怨《あだ》と成る。この故に、未曾有因縁経《みぞうういんねんきょう》に云く、施す者は天に生れ、受くる者は獄に入ると。提韋女人《だいいにょにん》の四事の供は末利夫人《まりぶにん》の福と表はれ、貪著利養《とんじゃくりよう》の五衆の果は石女担轝《しゃくにょたんよ》と顕はる。明らかなるかな善悪の因果。誰《いずく》の有慚《うざん》の人《にん》か、この典《のり》を信ぜざらんや。然れば則ち、善因を知りて而も苦果を畏《おそ》れざるを、釈尊は闡提《せんだい》と遮《しゃ》したまひ、人身を得て徒《いたずら》に善業を作《な》さざるを、聖教《しょうぎょう》に空手《くうしゅ》と嘖《せ》めたまへり。

ここにおいて、愚が中の極愚、狂《おう》が中の極狂《ごくおう》、塵禿《じんとく》の有情《うじょう》、底下《ていげ》の最澄、上《かみ》は諸仏に違《い》し、中《なか》は皇法に背き、下《しも》は孝礼を闕《か》けり。謹んで迷狂の心に随ひて三二の願を発《ほっ》す。無所得を以て方便となし、無上第一義のために金剛不壊不退《ふえふたい》の心願を発す。

我れ未だ六根相似の位を得ざるより以還《このかた》、出仮せじ。〈その一〉

未だ理を照す心を得ざるより以還、才芸あらじ。〈その二〉

未だ浄戒を具足することを得ざるより以還、檀主の法会に預らじ。〈その三〉

未だ般若の心を得ざるより以還、世間人事《にんじ》の縁務に著《じゃく》せじ。相似の位を除く。〈その四〉

三際の中間《ちゅうげん》にて、所修の功徳、独り己が身に受けず、普く有識《うしき》に廻施《えせ》して、悉く皆な無上菩提を得しめん。〈その五〉

伏して願はくは、解脱の味ひ独り飲まず、安楽の果独り証せず、法界の衆生、同じく妙覚に登り、法界の衆生、同じく如味を服せん。もしこの願力に依つて六根相似の位に至り、もし五神通を得ん時は、必ず自度を取らず、正位《しょうい》を証せず、一切に著せざらん。願はくは、必ず今生の無作無縁の四弘誓願《しぐぜいがん》に引導せられて、周《あまね》く法界に旋《めぐ》らし、遍《あまね》く六道に入り、仏国土を浄《きよ》め、衆生を成就し、未来際を尽すまで恒《つね》に仏事を作さんことを。

諷誦文は仏事の際諷誦する要文である。主として死者追善のために施物を記入して僧に経の諷誦を請う文。これを受けた僧がよみあげるもの。祭文は、死者を弔うために読む文章。特に願文、諷誦文は、中世に至るや「阿仏仮名諷誦」・『金沢文庫古文書』仏事篇所収の「平氏女ゐんさい願文」「藤原女願文」（四種）など、漢文から和文化した作品が見られる点注目される。

阿仏仮名諷誦

清き心に誠を致して、一切の三宝に申す事あり。それ常無き世の習ひ、もとより空しと知りながら、目の前の別れに堪へぬ悲しびは、明けぬ夜の夢路に辿る心地して、過ぐる月日も思ひ分かぬに、五つの七日になり、又一時の煙と上りし後、雨とやなりにけむ、雲とやなりにけむ、ただつくづくと大空をのみかこてども、通ふ幻の言伝《ことづて》も無ければ、魂《たま》の在処《ありか》を其処とだに知らず。いづれも、寄《よそ》ふる方は事かはれども、一つ思ひは同じかるべし。

さてもこの、今は昔になりぬる人、年は八十《やそぢ》の齢に二年《ふたとせ》ばかりや足らざりけん。時は九代の君にあひ奉り、家に伝ふる敷島の道は、三代の撰者とぞ聞えし。ある世にも妙なる言の葉を残し、無き世にも畏き跡を留む。官《つかさ》は影靡《かげなびく》星に近附き、位は正二位《おほきふたつのしな》にのぼる。世を遁れ、真の道を尋ねて、二もなく三もなき一乗法華の行者、日毎に読誦を積むこと二千七百余部、病の床《ゆか》、臨終《いまは》の際《きは》まで、念仏怠ることなし。終に静かなる心を一つにして、終り乱れざりしかば、さりともと、花の台《うてな》に思ひ送りても、さらぬ別れの飽かぬ名残は、猶慰む方ぞ無かりける。

年頃は、有度浜《うどはま》のうとかりし辺《あたり》なれど、和歌の浦路の浪の頼りは、如何なる縁《え》にか引かれけむ、故郷をも離れ、親しきをも捨てて、影の形に随ふ例《ためし》なれば、灘《なだ》の塩焼き暇も無くて、臥す猪の床の寝《い》を安む暇《ひま》だに無くて、歌の道を助け仕へしこと、廿年《はたとせ》余り三年《みとせ》ばかりにもやなりにけむ。

風に散敷く花に、定め無き世を譬へ、掬《むす》ぶ泉の水に、面変りする老の姿をいとひ、木の間の月の心づくしにも、程なく更けゆく影を惜しみ、霜と雪との積るにつけて、消え易き命《いのち》思ふにも、朝夕に難波津のよしあしを語り合せて、古今《いにしへいま》の忘れぬふしを慕ひ、夜も昼も法華の値偶を頼みて、同じ蓮の上を契り置く。

果無き世に、遅れ先立たば、必ず生れむ処を告知らせむと、諸共に誓ひしこと、歎きに余る涙の床は、解けて寝《ぬ》る夜無ければ、定かなる夢をだに見ず。現《うつつ》に留《とま》る名残とては、何に忍ぶのと、一つにもあらぬ忘れ形見にも、夜の鶴の籠《こ》の中の声絶えず。

ただ徒らに歎き、独り悲しまむよりは、仏の台《うてな》に誂《あつら》へ奉り、法の威力《いりき》を仰ぎて、滅罪生善を祈らむにはしくこと無くやとて、今日の日にも当り給ひける地蔵菩薩一体、姿を書き顕し奉る。法華経一部、無量義経・普賢経・心経・阿弥陀経は、形木に写す。

同じくこれを供養讃嘆して、此の功徳を以《も》て、入道大納言の生れ処を尋ねて、長き夜の夢を醒し、元よりの悟りを顕して、早く上無き菩提に導き給へ。仏は久しく劫を積みし仏、経は命と共に力を入れし経なり。隠れても顕れても、利益《りやく》空しからじ。此の回向あまねく法界に及ぼして、万《よろづ》の衆生を度《わた》さむとなり。

建治元年六月五日　　　　　　　　　　弟子敬白

二　和《わ》　讃《さん》

和讃の定義

和文による仏教讃歌の一種で、我が国における仏教歌謡の主流をしめるものである。仏菩薩の功徳・教法や祖師高僧等の行蹟をほめたたえる歌謡で、仏讃・法讃・僧讃に分類することができる。

和讃は、我が国で創造された仏教歌謡のジャンルとして、特に、教義・教理に詩的表現を与えた点、まさに画期的なできごとであった。仏教受容のなかで、漢訳の経・律・論の三蔵が訓読された意味は、当然ながら大きいに違いないが、真の和訳化が和讃という歌謡をとおして行われた点に価値があると思われる。そこに、貴族・庶民を越えた平等無差別の歌声がひびくのである。

平安中期に創造された和讃は、そのおのずからなる内在性の豊かさのゆえに、その後、いくたびの展開の過程をへて、現代に至るまで伝承されて法会、講などに諷誦され、また、常に新しく創造されている事実を見逃すわけにはいかない。

讃歌が内在的契機として文学性を持つことは当然であろうが、その発想・表現により価値づけも異なってくる。仏教文学として必然的性格――宗教的価値を目的として製作され、これに文学的価値が付随する――からいえば、和讃は、仏教説話・法語と並んで仏教文学作品として中枢に位置するものの一つであることは間違いない。和讃は、単なる抒情性、叙事性に価値があるのではなく、内心から発する真実な信仰心が内在する魂のリズムを形成する点に特質があることに注意したい。

七五調を基本とする律調は、我が国における詩歌形式の五七調から七五調への変化の影響を受けており、漢讃の純日本化現象ともいい得るであろう。また、五言より七言の漢詩の盛行化、特に七言が朗唱性から四・三言、七五で休止することも重視すべきであろう。

さらに、七・五調を基本として、これをつらねる長和讃、また、七五調四句を一章とする短和讃の二種にも分類される。たとえば、一遍の「別願讃」、

　身を観ずれば水の泡　きえぬる後は人もなし
命を思へば月の影　出で入る息にぞ留まらぬ
人天善処のかたちをば　惜しめども皆たもたれず
地獄鬼畜のくるしみは　厭へどもまた受けやすし
(原七〇句、近世初期以前一六句が追加、八六句本が流布した)

のごときは前者であり、親鸞の、

　浄土真宗に帰すれども
　　真実の心はありがたし
　　虚仮不実のわが身にて

清浄の心もさらになし（「愚禿悲歎述懐」文明開板本による）

のごときは、後者の代表的な作品である。

また、平安時代成立の和讃を、特に「古和讃」とよぶことも行われる。

現行の著名なる書につぎのような和讃の定義づけがあるが、いまだ和讃の語義内容ともに、きわめて不十分であることを知る例である。

1「倭讃は日本語の偈頌のことで、七五の句を順次に連ねて今様の歌体を模したもの。」

2「梵語仏典に出る伽陀は印度の讃歌であり、これを梵讃といい、中国で漢文に訳出し著述したのを漢讃という。さらにこれを和訳に移したものが和讃である。」

和讃の展開

和讃は「讃嘆」を母胎として生成されたといえるが、作品として最古のものとして従来、慈恵作とする「註本覚讃」（本覚思想に基づく点、源信作とすべきかとも言う）をあげるが、本覚思想の展開から見て、平安末期〜鎌倉初期の作とする説が有力である。つづいて、天台浄土教盛行のなかに、数々の秀作が作られたが、特に源信作の『極楽六時讃』は最大の作品であり、のちに広く文学作品に摂取され、また「和の礼讃」として時衆教団に再生した。したがって、村上天皇時代から、円融天皇の時代、ないし後一条天皇の時代までを和讃の成立期として見たい。要するに、和讃というジャンルの創造が、天台浄土教を中心として開花したという点が重要であり、作品中には、のち法会の歌謡として再生し、広く長く宗教的生命を持続したものが認められる。いま、末尾四句が法文歌から切り出された『極楽六時讃』中の「中夜讃」の一節、「本覚讃」をあげておく。

中夜讃

(頭)夜ノサカヒシヅカニテ　(和)ヤウヤク中夜ニイタルホド
三五ノヒトビト共ニ出デ　金縄階道《コンジヤウカイダウ》アユミツツ
衆宝国土ノ境界ノ　寂静安楽ナルヲ見ム
ヒカリモコヱモシヅカニテ　ヒルノサカヒニコトナラズ
琪樹ノシゲレルアヒダニハ　宮殿ヒカリアキラケシ
瑤池ノスメルソコニハ　金銀イサゴテラセリ
州鶴ネブリテハルノミヅ　娑婆ノフルキサトニオナジシ
塞鴻ナキテアキノカゼ　閻浮ノムカシノ日ニ似タリ

註本覚讃《チユウホンガクサン》

帰命本覚心法身　常住妙法心蓮台　三身万徳備《マントクソナ》ハリテ
三十七尊スミ給フ　心法《シンボウ》本ヨリ形ナシ　内外《ナイゲ》処々ニアラネドモ
胸ノ間ノ方寸ニ　阿利耶識《アリヤシキ》トナヅケタル　流来生死《ルライシヤウジ》ノ昔ヨリ
分段輪廻《ブンダンリンネ》ノ今マデニ　介爾刹那《ケニセツナ》ノ物ナラデ　綿々タル事年久シ
此《コノ》心則チ如来ザウ　恒沙《コウジヤ》ノ功徳盈《ミ》チ満《ミテ》リ　五道《ゴダウ》生死ニメグレドモ
無垢清浄《ムクシヤウジヤウ》ナラビナシ　或《アルヒ》ハ月ト観ズレバ　五種ノ三昧成《ジヨウ》ズナリ

或ハ鏡ニ譬《タトウ》レバ　三諦相即《サンダイソウソク》アラハレヌ　一念有《ウ》ニアラネドモ
三千性相《シヨウソウ》分レタリ　又是レ無ニアラネドモ　一法トシテ得ベカラズ
其性《ソノシヨウ》非有非無《ヒウヒム》ニシテ　動ゼザル是レ中道ナリ　三千忘《モウ》ジ存セルヲ
仮《カリ》ニ名《ナヅケ》テ空仮《クウゲ》トス　内体三千空仮中《クウゲチユウ》　毘盧舎那遍照智《ビルシヤナヘンジヨウチ》
迷《マヨエ》バ石木《シヤクモク》異ナレド　悟《サト》レバ氷水《ヒヨウスイ》ヒトツナリ　応レ知《シルベシ》心性《シンシヨウ》外ナクテ
万《ヨロズ》ハ皆是《コ》レ法界海《ホウカイカイ》　乃至一色一香《イツシキイツコウ》モ　中道ナラザル物ゾナキ
己界《コカイ》思ヘバヲノヅカラ　仏界衆生《シユジヨウ》トヲカラズ　一念実相《ジツソウ》ヘダテネバ
三無差別《サンムシヤベツ》知ヌベシ　妙法蓮華ト是《コレ》ヲ云《イフ》　仏ノ出世ノ本意ナリ
衆生本有《ホンヌ》ノ理ヲサシテ　一仏乗ト説キ給フ　四味兼対《ケンタイ》ノ前ノ教
双林《ソウリン》捃拾《クンジユウ》ノ後ノ説　一期《イチゴ》ノ縦横イヤシクモ　己心《コシン》中ニ納メタリ
我身《ワガミ》ハ薄福底下《ハクフクテイゲ》ニテ　浮嚢《フノウ》破レテ海フカシ　仏乗《ブツジヨウ》縁ヲムスバズバ
何ヲカ出離ノ本《モト》トセン　円融《エンニユウ》妙境シバラクモ　心ヲ発《ヲコ》ス縁アラバ
阿鼻《アビ》ノ炎《ホノホ》ノ中ニテモ　仏ノ種トハ萌《キザ》シテン　己心ノ仏願ハクハ
無縁ノ大悲ヲタレ給ヘ　若人欲了知《ニヤクニンヨクリヨウチ》　三世一切仏《サンゼイツサイブツ》
応当如是観《オウトウニヨゼカン》　心造諸如来《シンゾウシヨニヨライ》

中世に至るや、貴族中心の古和讃が、はじめて庶民のなかに、信仰求道のひびきとなって展開した。新仏教の興隆・顕密諸宗の復興のなかに、中世人の心に発露し、真実な個々の魂の救済として、確実にその内容を形成していった。のち『三帖和讃』として集成された親鸞の和讃、また、のち『浄業和讃』他として集成された一遍以下、代々の時衆の上人の作を含む和讃集など最も代表的な作品として、中世和讃の山脈に崇高な輝きを見せている。しかも、それらの和讃が、教団内外における信仰感動をささえ、中世に生きた人間存在のバックボーンを形成した事実を否定できない。時衆の和讃のごときは、教団から広く下降し、念仏讃のほか芸能の世界にまで浸透したのであった。

なお、ほか覚鑁作と伝える東密新義の和讃「舎利秘密和讃」（加持身説法を説く点から頼瑜作、また融源作とする説もある）の他、「光明真言和讃」など東密系の和讃の位置も高い。

舎利秘密和讃

帰命毗盧遮那尊　変化法身仏舎利
大悲神変妙にして　化度利生勝たり
法身自楽の境界は　等覚十地も入り難し
況や我等が凡夫なる　何でか見聞覚知せむ
如来此を観じてぞ　加持の門には出給ふ
衆生是に依てこそ　身語意密覚けれ
金剛幻の応《ママ》月は　隠顕縁に任せたり
一切時処に悉く　起滅辺際得べからず

根機熟せし朝には
化縁尽る夕には
一般化機事終て
大悲方便止まずして
供養帰依の輩は
生身供養する人は
一たび供養を興すれば
数数実義を観ずれば
三十二相摂めつつ
日月輪の形にて
紫磨金の蓮体に
白珂雪の月光る
遍一切処の身なれば
常恒三世の法なれば
仏は無余円寂に
威儀を摂て百千万
不壊の化身誰人ぞ

道樹に花を翫び
双林色を変しき
四徳の都に還ども
舎利を留め置給ふ
福徳果報量無し
正等也とぞ説給ふ
生天解脱の因と成る
即身成仏難からず
四弁八音やめたれど
秘密語とぞ顕さる
本地法身相現じ
円海性仏を色澄めり
全体一粒異ならず
生身舎利一なり
入ぬと衆会は悲めど
舎利と成てぞをはします
今の舎利に在さずや

常住仏性何物ぞ　金剛堅固の駄都ぞかし
円寂外に求まじ　我等が眼の前に有り
仏身疎く御さす　衆生本有の覚なり
仏性我が身に備はれり　舎利三宝世に在す
かゝる指南に値える世に　励みて仏道求べし
此身は実に程もなし　朝の露に異ならず
空く此世を過しては　いつをか生死の際とせん
凡生死の輪廻とぞ　思へば涙も留らぬ
何を何と営みて　今更《またイ》三途に廻るらむ
昔の天の楽しみも　先の夢にて忘にき
今の人の栄とて　後に有とや憑べき
赫堂亜室何にかせん　永く止る人ぞなき
綾羅錦繍常ならず　終に誰かは身を餝る
多生曠劫過ぐれども　見仏聞法有難し
此度び舎利に値遇せり　応知契の在すなり
帰命頂礼仏舎利　神変加持捨ずして
眼を閇む暮には　必ず浄土に置給へ

願共諸衆生　往生安楽国　悟入阿字門　速証無上覚　（『中世仏教歌謡集』）

光明真言和讃

○不空羂索大灌頂　光明真言願クハ
長夜ノ闇ヲ照シツツ　恵日影ヲ見セ給ヘ
○八万十二ノ正法ハ　病ニ随フ薬ニテ
何レノ救療《クレウ》モアタナラス　随宜ノ引接妙ナレハ
○自業自得ノ理《コトハ》リヲ　忘ヌ教門ナリケレハ
戒行闕《カケ》タル我等ニハ　其益ク無カ如クナリ
○無福劣慧ノ身トナリテ　五濁ノ近来《コノコロ》生ヲウケ
今此ノ神呪ニ値遇《チグ》セスハ　何ヲカ解脱ノ因トセン
○法性同躰大悲力　縁起難思ノ秘術ニテ
他作ノ善根隔テナク　自愛ノ益ヲソ与フナル
○法身舎那ノ真実語　阿弥陀如来ノ心中呪
万億無数ノ諸仏母　四接菩薩ノ三摩地門
○諸仏ノ秘蔵悉ク　接《ヲサ》メテ説ケル法ナレハ
万億無量ノ法門ヲ　誦スル功徳ニコトナラス
○一度《ヒトタビ》コレヲ聞ク人ノ　四重五逆モ消滅シ

数々《シハく》此ヲ誦《シユ》スレハ　往生浄刹疑カハス
○土砂ヲ加持シテ尸陀林《シダリン》ノ　尸骸《シカイ》ノ上ニ散《サン》スレハ
朽骨《クコツ》光ヲ放チツツ　受苦ノ依身ニ及フナリ
○作業受果定リテ　地獄鬼畜ノ身トナレト
光明自然《シネン》ニ照触《シヤウソク》シ　衆罪即チ消滅ス
○時ニ弥陀仏来迎《ライカウ》シ　死者ノ為ニ手ヲ授ケ
自ラ荷負《カフ》シタマイテ　極楽浄土ニ引導ス
○無縁呪砂ノ力ラタニ　直《チキ》ニ菩提ノ因トナル
況ヤ拙《ツタナ》キ身ナレトモ　受持読誦ノ功ヲツム
○或ハ一日七日夜　或ハ長時尽形寿《シンシユ》
人ヲモ勧メ我モ誦ス　其ノ善思ヘハ際《キハ》モナシ
○教主尺迦ノ因位ニモ　コノ呪ヲ常ニ誦シツツ
光明自然ニ生シテソ　成等正覚シ給ヒシ
○阿弥陀如来ノ光明ノ　諸仏ノ光ニ超絶《テウセツ》シ
接取不捨ノ妙ナルモ　此モ斯ノ呪ノ徳ソカシ
○光ハ仏ノ智慧ナレハ　無始ノ迷闇《メイアン》能《ヨ》ク破ル
無明即チ明ト知ル　智慧ソ誠ノ光ナル

○凡ソ光明メクマスハ　我等カ類《タクヒ》ヲ何《イカ》カセン
西モ東モワキカネテ　只常闇《タヾトコヤミ》ニソ迷ハマシ
○日月灯燭《トウソク》ヲリニフレ　衆霧《ム》ヲ成スル光マテ
世間法性無二ナレハ　皆是レ神呪ノ利益ナリ
○倩《ツラ〳〵》思ヘハタノモシヤ　賢ク此会ニ値《アヒ》ニケリ
今度《コノタ》ヒ空《ムナシ》クスコシテハ　早晩《イツ》ヲカ生死ノ際《キハ》トセン
○一結慇懃《インキム》一心信　七日七夜不退修《タイ》
善根虚空ニ周遍《シユヘム》シテ　仏智モ籌《チウ》量シ給ハン
○今此ノ功徳ニ答ヘッツ　先《マ》ツ人浄土ニ生レナハ
聖衆ト共ニ来迎シ　還《カヘリ》テ我等ヲ引導セン
○後《ヲク》レ先立《サキタ》ツシハラクノ　夢ノ遅速ハアリトテモ
我レモ人モ諸《モロ》トモニ　一ツ蓮《ハチス》ノ仏ナリ
○唯願大日遍照尊　𑖀《ア》𑖦𑖰《ミ》𑖝《タ》𑖫𑖯《シヤ》𑖎《カ》諸善逝
不空羂索観世音　清浄蓮花光明等
○各《ヲノ〳〵》本誓誤マラス　衆会ノ望ヲ満テタマヘ
○眼ヲ閉チン終焉ニ必ス浄土ニ置キ玉ヘ
○不退ノ仏土ニイタリテハ　還《カヘリ》テ有縁ヲ導ヒカン

願得無垢《ク》眼　常見光明身
願共諸衆生　同入𑖀字門　（『中世仏教歌謡集』）

近世に至るや、和讃は、歌謡の本質に根ざした広い受容を示し、庶民生活に密着して展開した。ただし、おびただしい作品には、教団の固定化・閉鎖性からくる新鮮な創造性にかける嫌いはあるが、諸宗派におよんでいる点に特質があり、佳作もある。一方、民衆教化用として製作された和讃、道教系、神道系、修験系の作品、民間信仰から発したものなど種類も多い。また、歴史もの、説話ものなど、和讃の歌謡曲化が見られる点、いわゆる演歌につながる歌謡の展開が見られる。『浄土和讃図絵』など絵解きの和讃本もユニークな存在である。

近代以後、和讃製作の生命力は衰えることなく、現代に至っている。いわゆる新作和讃は、多くの人々に愛唱されつつ、古典和讃の伝承とともに永遠の命をもって法の灯として輝きつづけることであろう。

二　和讃の受容と変貌

一　和讃の展開――受容と変貌

およそ、和讃の史的展開を考えるに、(1)創造の時代、(2)受容の時代、(3)変貌の時代に三分することができるように思われる。

たとえば、最古の古和讃の一つである千観の「極楽国弥陀和讃」の成立を示す資料、『日本往生極楽記』の記述を見ると、

阿弥陀倭讃廿余行を作りて、都鄙老少、もてロ実となせり。極楽結縁の者、往々にして多し。(1)

に和讃の製作が受容と密着し、歌われる和讃としての原初的形態をもっていたことがわかる。しかも、権中納言敦忠の女についてのつぎの記述は、師資相承のなかに、その受容の相を見るにふさわしい、きわめて感動的な場面である。

権中納言敦忠卿の第一の女子、久しくもて師となせり。相語りて曰く、大師命終りての後、夢の中に必ず生れむ処を示したまへといふ。入滅していまだ幾《いくばく》ならざるに夢みらく、闍梨蓮

花の船に上りて、昔作りしところの弥陀の讃を唱へて西に行くとみたり。

この想像空間の描写には、和讃の副次的(あるいは本質的)要素である呪詞性—禁忌空間への親近が、すでに内包されているように思われる。

さらに、珍海撰の『菩提心集』に、

又和讃とて日本詞を本として作れるもあり。其讃云。娑婆世界の西の方　十万億の国すぎて浄土あるなり極楽界　仏在ます弥陀尊などいふ是なり。(2)

とあり、和讃を代表するものとして本和讃をあげているのが注目されるが、と同時に、この時代を通して、確実な受容の相を示していることが実証される。現在の本文との間に、一部異同がみられるが、原文は、いずれとも定めがたい。本和讃の本文について、本文は伝わっていないとする説があるが、これは何かの誤解であろう。(3)

極楽国弥陀和讃

娑婆世界ノ西ノ方　十万億ノ国スギテ　浄土ハアリツ極楽界
仏ハキマス弥陀尊　七重行樹カゲ清ク　八功徳水池スミテ
苦空無我ノ波唱へ　常楽我浄ノ風吹キテ　天ノ音楽雲ニウツ
黄金《コガネ》ノ沙地《イサゴ》ニシキテ　昼夜六時ニ迎ヘツツ　宝ノ蓮《ハチス》雨フリテ
孔雀鸚鵡《クジヤクエイブ》声々ニ　妙法門ヲトナフレバ　衆生聞クモノオノヅカラ
仏法僧ヲ念ズナリ　仏ノ光キハモナク　聖ノ寿ハカギリナシ

誓ハ四十八大願
極重最下ノ罪人モ
浄土十方オホケレド
弥陀ハ我等ニ契アリ
大悲ノ誓アヤマタズ
菩提不退ノ菩薩衆ハ
我等ガ此身楽シマム
此身ハ聖ヲ友トシテ
ミナ人心ヒトツニテ
楽シミサカエ水ノ泡
三途ニ入リト入リヌレバ
栄花ノ望マタフカシ
弥陀ノ誓ノ無カリセバ
説キ置キ給ハズナルナラバ
帰命頂礼釈迦尊
三途ノ苦ミヌキ給フ
タトヘ罪業重クトモ

心一子ノ大慈悲ハ
一タビ南無ト唱フレバ
極楽ワレラ縁フカシ
一日二日ノ真心《マゴコロ》ニ
九品蓮台サダマレリ
一生補処ノ其中ニ
弥陀ノ誓ニ救ハレテ
人身フタタビ受ケ難シ
弥陀ニハツカヘ奉レ
ハシリ求メテナス程ニ
無量劫ニモ出デガタシ
凡ソ輪廻ノ際《キハ》無キハ
我等ハ浮ム時ナケン
多クノ生死《シャウジ》過シキテ
五濁《ヂョク》悪世ノ能化ノ主
帰命頂礼弥陀尊
引摂《インゼフ》カナラズ垂レ給ヘ

十悪五逆謗法等
引接《インゼフ》サダメテ疑ハズ
仏三世ニ在《マシマ》セド
弥陀ノ御名ヲシ唱フレバ
生レ生ルル人ハミナ
算数《サンジュ》モ算ヘ知リガタシ
来世ハ蓮ノ上ニシテ
仏教値フ事稀ナルニ
望ノ位春ノ夢
我身三途ニ落チヌベシ
適々《タマ〳〵》人ノ身ヲ受ケテ
此事一ツニヨリテ也
釈迦牟尼仏此由ヲ
長夜《ヂャウヤ》ノ闇ニ迷ヒナム
大悲我等ヲ捨テズシテ
極楽界会ノ能化ノ主
（『日本歌謡集成』巻四）

さて、本和讃は、およそ一五〇年におよぶ受容の時代をへて変貌の時代へと展開した。和讃本文をもととして改作された法文歌、

弥陀の誓ぞ頼もしき　十悪五逆の人なれど　一度御名を称ふれば　来迎引接疑はず（『梁塵秘抄』―法文歌三〇）

の出現である。その他にも指摘される法文歌への摂取は、受容というよりは変貌であろう。成立年代は不明だが、ここに和讃の受容と変貌が同時に進行していった過程を見ることができる。

つぎに本和讃が時衆教団に摂取され、新しい和讃を生み出す原動力となった点に注目したい。いわば、二次的変貌の姿である。『浄業和讃』中の、いわゆる本作和讃―「極楽讃」「恩徳讃」のなかに変貌再生し諷誦されていったのである。

『浄業和讃』は、近世末期に儀礼固定化のなかで、遊行派の和讃を中心に組織化・体系化された和讃集であるが、すでに時衆十二派といわれる中世時衆教団においても、和讃は、それぞれに伝承諷誦されていたことが認められる。従って、「極楽讃」「恩徳讃」ごときも、かなりの振幅をもって生成したものと考えられ、その成立の時期は、本作と称しながらも、鎌倉中期よりは末期に近づけて考えるのが無難であろう。

また、時衆和讃に摂取された本讃は、その後、「念仏讃」として用いられ、あらたに、「手中和讃」他、各句の首尾に句を添え、和歌仕立にして用いるなど、室町期以後、第三次の変貌をとげていった点に注意したい。

和讃が民衆の教化伝道に果たした役割は大きく、長い変貌過程のなかにこそ、その強靱な生命力を見ることができるように思われる。このような事情は、源信作と認められる『極楽六時讃』、作者不詳とされる「空也和讃」についても言えることであるが、とくに前者は、天台内部における諷誦の実態資料を欠き、「六時居讃」として時衆教団に依用されている点、その受容の相に歌謡的価値を指摘し得る。つまり、創造の時代と受容の時代とにハナレの生じている例である。

もっとも『栄華物語』音楽の巻に引用され、また、和讃本文の摂取による散文化が見られる点、さらに、『長秋詠藻』に見られる和讃本文の絵画化は、その流布を物語る実証ではあるが、逆に言えば、正統的な聖歌としての本来的性格からは多分に隔絶した受容であるように思われる。この和讃も、一部、法文歌に摂取されて一次的変貌をとげた部分が見られるが、以後の二次的変貌はほとんど認められない。

これに対して、「空也和讃」は、すでに知られるように法文歌への摂取、時衆和讃への大幅な摂取、さらに、念仏讃への展開など、一次的・二次的変貌をとげていった。また、時衆和讃自体のなかにおいても変貌の過程を指摘し得るのである。「空也和讃」は、わが国和讃史上に崇高な地位をしめる偉大な詩的創造であった。

空也和讃

長夜ノ眠ハ独サメ　　五更ノ夢ニ驚キテ
静ニ此世ヲ観スレハ　　僅ニ刹那ノ程ソカシ

時候程ナク移来テ
念々無常ノ我命
昨日モ徒暮ニ来テ
今夜空ク明ヌレハ
無常須臾ノ間ナリ
我モ人モ願ハクハ
親族オナシク去行ト
老少トモニ先タテト
人命無常止ラス
僅ニ今日マテ保トモ
三界所広ケレト
四生ノカタチ多ケレト
三界総而無常也
此中ニ住人ハ皆
東岱前後ノ夕煙
北邙朝暮ノ草ノ露
月日ノ積ルニシタカヒテ

五更ノ空ニソ成ニケル
何日カ生死ニ陥サレン
臥テ多ノ夢ヲ見ル
起テ何ヲカ営マン
日暮イツトカ踰サラン
頭燃ヲ払カ如クセヨ
我身ノ無常ヲ顧ミス
不定ノ境ニソ驚カス
山水ヨリモハナ〱シ
明日ノ命ハ期カタシ
来テ止ル処ナシ
生シテ死セサル体モナシ
四生イツレモ幻化ナリ
譬ハ夢ニソ似タリケル
昨日モタナヒキ今日モ立
後レ先タツタメシアリ
縮マル命ヲシラヌカナ

屠所ニオモムク羊ノ
人天有為ノ楽ミハ
須臾三途ニ帰ナハ
人身二度ウケカタシ
皆人心ヲヒトツニシ
然ニ弥陀ノ本誓ハ
三念五念ノ縁ニヨリ
早ク万事ヲ投捨テ
悲願定テ深ケレハ
八万四千ノ経文ハ
利剣即是ノ名号ハ
昔ノ宿縁深ケレハ
御名ヲ持テヤマサレハ
念々称名常懺悔
弥陀ハ還念シ給ヒテ
一心ニ御名ヲ称スレハ
八十億劫罪滅ス

歩々ノ思ヒモ是オナシ
雷光朝露ノ如ナリ
長時ノ苦シミイカヽセン
仏経ニアフコト稀カ也
弥陀ノ名号唱ヘシ
破戒重罪ナホステス
必ス来迎タレタマフ
一心弥陀ヲ念スヘシ
引接何ヲカ疑ハン
無明ヲ滅セン為也キ
タヽ一声ニ罪消ン
弥陀ノ教ニアヒニケリ
臨終ニ紫金ノ身トソ成
頼テモナホ憑アリ
止ル罪障ヒトツナシ
念々中ニコトコトク
此故マサニ念スヘシ

事理ノ懺悔ヲ修ル共
一念須臾ノ間ニモ
流来生死ノ罪業ハ
弥陀ノ名号トナフレハ
十声専称ノ風吹ハ
一念信心月澄ハ
大悲利生ノ秋ノ風
摂取不捨ノ夜ノ月
一念信心空ハレテ
三障業ノ雲キエテ
本願清涼ノ風吹ハ
女人五障ノ雲消テ
衆生称念スルユヱニ
仏聖衆ト来ル時
抑弥陀ノ名号ハ
四重五逆モミナ滅シ
下品下生ノ衆生ハ

弥陀ノ名号唱フレハ
無量ノ生死ノ罪消ン
恆沙ノ仮令ニアラネトモ
須臾ノ程ニソ滅シケル
五逆重罪雲消ン
三有長夜ノ闇ハ晴
塵沙ノ雲ヲヤ払ラン
無明ノ闇ヲ照ス也
称名正行ノ月澄ハ
弥陀来迎風涼シ
生々世々ニ晴ワタリ
真如ノ月影マトカ也
多劫ノ重罪須臾ニ消
諸邪ノ業繋障ナシ
功徳思フニ頼モシキ
九品ノ台ニノホルナリ
十悪五逆ノミナラス

一切不善ヲ具足シテ　乃至一念懺悔セス
善人教テ臨終ニ　十声仏ヲ称セシメ
スナハチ八十億劫ノ　重罪滅シテ往生ス
最後ノ称名声澄テ　化仏菩薩ヲ見ノミカ
十悪五逆ノ雲キエテ　日輪間近ク輝ケリ
遙ニ見レハ西方ノ　空ニハ紫雲タナヒキテ
弥陀如来能化主　金色相好アラタ也
臨終何連ノ時ナラン　今日トモ明日共得ソシラス
正念乱レ易ケレハ　常々練習セシムヘシ
我願クハリン終ニ　正念必ス成就シテ
聖衆現シテ上品ノ　弥陀ノ浄土ニ往生セン
臨命終ノユフヘニハ　必ス摂取ノ光ヲ見
須臾ノ間ニ安養ノ　浄土ニイタラン叓ヲエン
知ヘシ臨終ノ一念ハ　百季ノ業ニモ勝タリ
各々常ニオコタラス　心ニ掛テ念スヘシ
然ルニ最後ノ念仏ハ　滅罪ノ益勝レタリ
石火ノ須臾ニチクサヲハ　焼ヨリモ猶程ソナキ

帰命頂礼不断光
臨終正念成就シテ
既ニ今コソコノ室ニ
一心ニ歓喜合掌シ
紫雲漸クチカツキテ
既ニ斜ニオリ居テハ
則化仏化菩薩等
観音台ヲ倚給フ
仏来迎シ給ヘハ
始テ眼ヲ開クトキ
臨終ノ正念成ユヱニ
臨終ノ正念成故ニ
臨終ノ正念成故ニ
臨終ノ正念成故ニ
菩薩聖衆此時ニ
暫ク彼相見エ聞ニ
時ニ聖衆コト〳〵ク

摂取ノ光タヘスンハ
必ス不退ノ身トソナル
来入シ賜フ時ナラメ
南無阿弥陀仏ヲ唱ヘシ
異香暫クニホヒツヽ
声々我ヲ誉給フ
爰ニ現前シ賜ヘリ
勢至頭ヲ撫給フ
臨終正念静カ也
即チ無常ヲ証得ス
音楽異香来現シ
弥陀諸聖来迎ス
無生ヲ悟リテ華ニ座ス
弾指ノ間ニ往生ス
雲ノ中ヨリ影現シ
悲喜ノ泪止マラス
威儀ヲ忘テ歓喜セリ

仏モ咲ヲ含テソ　漸クカヘリ賜ヒケル
正坐十劫ノ昔ショリ　慈光世界ヲ照ス也
光ヲフルゝトモカラハ　塵労滅シテ往生ス
智願ノ光無礙ニシテ　雲モ霞モサエヤラン
一度照セハ無明ノ　長夜ノ闇モ皆晴ン
光ノ中ノ王ナレハ　炎王光トソ名付タリ
自在ノ威力強ケレハ　魔王魔民モ近ツカス
南無阿弥陀仏ヲ唱レハ　智慧ノ光ソ身ヲ照ス
鈍根愚癡ノ闇晴テ　須臾ニ慧眼ヲ開ク也
光明十方照シツゝ　念仏ノ行者ヲ皆摂シ
蓮台九品ニ別レテハ　破戒ノ罪人猶生ス
然ニ世尊弥陀仏ハ　深重誓願ナルユヱニ
光明名号十方ノ　念仏ノ行者ヲ摂化セリ
弥陀ノ光明无辺ニテ　至ラヌ所ソナカリケル
三途勤苦ノ底マテモ　光ヲ満レハ罪消ン
光明思惟ノ名号ハ　一念口称ニ罪消ム
最勝無上ノ功徳ニテ　諸仏同時ニ誉給フ

弥陀如来ノ光明ハ
我等凡夫ノ境界ノ
池ノ辺ノ諸鳥ハ
百千万種ノ宝蓮華
微風漸ク吹スキテ
百宝千宝具足セル
化仏菩薩マシ〳〵テ
或ハ大身空ニシテ
宝樹ノ下ニ顕現シ
宝樹ノ下ニハ悉ク
宮殿ノ中ニ悉ク
釈迦ノ開悟ニヨラサレハ
自信シ他ヲ教ヘ
此法行セン人ノ身ニ
二仏ノ方便ニ有スンハ
弥陀ノ誓ヲ頼ツヽ
釈迦ノ恩徳山高ク

諸仏別シテ誉給フ
言葉モオヨハヌ功徳也
声ヲ波ニソ合セタリ
池ノ面テニ咲ミタレ
光モ匂モ乱転ス
七重宝樹ノ下コトニ
微妙ノ法門トキ給フ
或ハ丈六八尺ノ
宝池ノ辺ニ影向ス
諸仏浄土顕現シ
弥陀ノ三尊見エ給フ
弥陀ノ名願キカマシヤ
大悲普ク伝ヘツヽ
実々仏恩報スヘシ
三界ノ苦ヲ出カタシ
釈迦ノ恩徳報スヘシ
弥陀ノ弘願海深シ

如海如山ノ恩徳ヲ　　我ヲ争カ報スヘシ
今日アヘリ要道ニ　　命終ノ其期ニ至マテ
堅固ニ持テ忘レネ　　是ソ仏恩報スヘシ
仏阿難ニ付属シテ　　此法必スタモツヘシ
持ト言ハ弥陀仏ノ　　御名ヲ持テ忘サレ
釈迦一代ノ諸教ハ　　阿弥陀ノ三字ニ納レリ
掛ル不思議ヲ具ル故　　一念無上ト名付タリ
末法万年暮ハテヽ　　一切経文ウセントキ
弥陀ノ名号ナカリセハ　釈尊何ヲカトヽメ玉ハン
慶シキカナ今生ニ　　人間界ニ生レ来テ
末法ナレトモオノツカラ　念仏修行ノ身トツ成
釈迦ノ入日ハ西ニ光　　弥勒ノ出世ハ未遙
是程長夜ノ闇世ヲ　　照シ給フナ弥陀仏
女人カ仏ニナラヌトハ　難行道ノコトハナリ（シカ）
サレトモ弥陀ノ誓ニハ　女人悪業モキラハレン
九恩実教阿弥陀仏　　頼テモ猶タノミアリ
弥陀ハ現念シ給ヒテ　　止ル罪業程チカシ　《『続日本歌謡集成』巻一）

中世和讃の黄金時代を生み出した親鸞の和讃と時衆の和讃との間には、共通する点と相反する点が認められる。共通点は、その創造の時代に多くの歳月を要した点である。『三帖和讃』について見れば、初稿ないし草稿から再治へ、さらに、文明板本系統への展開に、改訂増補のあとが著しい事実がある。時衆の和讃についても、その本作の和讃の形成の成立過程は、直線的ではない。さらに、集成された金蓮寺の和讃、金光寺の和讃、また、後の『浄業和讃』にいたる過程も、おびただしく複雑であり、複線的展開ないしは複複線的展開が考えられる。

しかし、受容から見ると、また、相異なった点が見られる。時衆の和讃においては、創造と受容とが密着している(新作の和讃においても「別願讃」以下事情は同じである)のに対し、『三帖和讃』においては、その名の示すように、文明開板に至って、劇的な受容時代をむかえたと言ってよい。さらに、『三帖和讃』は、いささかも変貌の姿を見せることなく、きわめて完全・正確に本文を固定していったのである。これは、もちろんそれぞれの教団史の展開から十分に首肯せられる点であろうが、親鸞という個性から成った和讃と、古和讃の摂取をもとに集団的な諷誦過程から成った和讃との基本的な性格の違いによるところであろう。和讃史は、単なる事実の展開でなく、その展開の持つ意味の究明でなければならない。

二　受容の諸相

和讃は、受容の相をもつことによって、初めて作品としての内容的価値を発揮するという特質を有する。つぎに引用する『中右記』の大治二年(一一二七)五月四日の記事は、すでに知られるように種々の注目すべき内容を含んでいる。(4)

この日は、朝から大雨であり、そして、十余日も雨がつづいたこととて河川の出水が心配される。夜になって、道心の比丘尼が訪れた。まず和讃を誦したが、その声は、はなはだ美声であり、聞くうちにおのずと仏道にひかれる心がおこった。ついで、高声念仏を唱える。この尼は、結婚したが子を得ることなく、離婚して出家したという。そして、いつも天王寺の西門でひとえに念仏を修しているという。齢六十一に及ぶこの尼の行為を見て道心ますます心に深く、ともに往生極楽を契った。(5)

ここには、すでに中世に通ずるひたむきな修道心と、平等無差別の人間観を見ることができる。平安中期から末期にかけての浄土教興隆のなかで、皇室貴族を中心とする四天王寺参詣の目的は、西門外の念仏所における結衆念仏行事への参加にしぼられ、西門外の迎講はつとに知られるに至った。本記事は、そのような背景において理解するべきものであり、『梁塵秘抄』の極楽歌、

極楽浄土の東門は　難波の海にぞ対へたる　転法輪所の西門に　念仏する人参れとて　(一九六)

と密着する。(6)

しかし、ここで指摘したいのは、比丘尼の誦した和讃の内容であろう。記述からすれば、浄土系和讃であることは間違いない。敬虔な念仏行者である尼が誦した和讃の声が美麗であった旨が

記され、それを聞いているうちにおのずと道心を発したとある。これのみによっては、いかなる和讃とも断じがたいが、それほど長篇の作品とも考えられない。

たとえば「中夜讃」の如きものも想像されるが、典型的な往生人であった千観作の、格調高い「極楽国弥陀和讃」など、たまたま敦忠の女との連関からも、女性に愛好された作品であったかも知れない。

いずれにしても、院政期における浄土教和讃の真摯な受容の相をとどめる資料であると思われる。

三　「行基菩薩和讃」の受容

世に「行基菩薩和讃」なる作品が流布しているが、しかるべき本文が確定しがたい。『国文東方仏教叢書』（歌頌）の「和讃二十五題」に収載されている九十六句本が依るべき本文と思われるが、その底本を明らかにし得ないのが惜しまれる。

行基菩薩和讃

帰命頂礼諸仏母　文殊師利大聖尊
垂迹和光大権化　行基菩薩摩訶薩
如来在世の昔しには　南天竺に生を受け
羅聚落山寺のうち　妙円智脱と修行しき

釈迦滅後中間は
法水東漸なすまゝに
これは百済王宮の
光を四方に指分けて
日本吾が朝河内の国
菩薩初生の有さまは
生れたまひし形体の
父母怪しみ恐れつゝ
爾時一人の修行者の
耳に微かに聞ものは
是を見ければ嬰子の
二親いだき養育す
齢は十五の歳にして
出家したまふ御形
戒定恵の三学は
瑜伽大論の奥儀をば
八識和暖のはるの風

大唐国の清凉山
文殊垂迹盛りなり
玉の台をてらすつき
濁世の水に宿るなり
和泉の郡に生を受け
伝へ聞こそ怪しけれ
無生の物にて有鳧《けれ》ば
榎の上にぞ捧げおき
宿して打臥す床の上
仏頂神呪の微音なり
端厳美麗の形なり
寵愛類ゐなかりけり
緑の髪をそりおろし
羅睺羅尊者に異らず
師口を俟ず暗んしり
自から了して註釈す
心地の氷を開きつゝ

二国清凉のあきの月
一日一夜の間だには
九夏九旬安居して
三衣は嵐に破るれど
一鉢霞はきゆれども
野原は宿する栖なり
苔むす巌は枕なり
利生願海ふかければ
大悲福田ひろければ
提河の昔し伝へ来て
所々に三昧開きそめ
智行誉れたかくして
くらゐは初て大僧正
菩提僧正これゆゑに
昔し契し伽毘羅衛の
是につけても遺跡を
生所は家原遠からず

智水に浮んで円なり
十八時尅に修行しき
秋冬いよ〳〵苦行す
慙愧の衣は是れ全し
禅定法味ゆたかなり
無常の虎も怖れなし
有為の眠さめ易き
長河におほく橋渡し
衆水に船を浮べつゝ
荼毘の煙を想ひやり
広く無縁を度し給ふ
聖主叡信ふかきゆゑ
後は菩薩の名を得り
文殊化身と示しつゝ
詠句を聞こそ哉れ也
想像《おもひや》るこそ貴とけれ
余所地形すぐれたり

菅原寺は命終にて　十念蓮をひらきつゝ
生駒は舎利を安置して　万代苔やちぎるらむ
廻向功徳ひろければ　したしき疎き諸共に
終に西方ごくらくの　勝地に入て遊ぶべし
清涼山のくものうへ　或は文殊を拝見し
兜率天のかぜのには　慈氏の御法を相聞ん
龍華三会の暁に　聴処に列り解脱せん
六趣四生皆もらさず　鉄囲沙界済度せん
願我生生見聖衆　世々恒聞深妙典
恒修不退菩薩行　疾証無上大菩提

（『国文東方仏教叢書』歌頌部）

しかるに『沙石集』巻五末（一一）の「行基菩薩御歌の事」に「行基の和讃」についてふれた次のような記事が見られる。

行基菩薩ハ和泉国ニ降誕〔シ〕、薬師ト云下女ノ腹ニ宿リ給ヘリ。心太ノヤウナル物生ジタリケレバ、アヤシミテ、鉢ニ入テ、門ノ榎ノマタニ指アゲテ置ヲ、乞食ノ沙門彼《ノ》家ニ望テ聞ニ、鉢ノ中ニ、大仏頂陀羅尼ノ声シケレバ、此《ノ》鉢ノ中ノ物、ヤウアルベシトテ、教ヘテヨクヲ《(オ)》カシム。日数ヘテ後、ウツクシキ童子一人出来ル。即《チ》成人シテ、東大寺大仏殿ノ勧進

ノ聖ト成給ヘリ。彼ノ誕生所ノ所ニ、昔ヨリ講行ナド行ジテ、和讃ヲ作テ誦シ侍ルナル初ノ言ニ、

薬師御前ニ御誕生　　心太ニゾ似タリケル
スリコ鉢ニ指入テ　　榎ノマタニゾ置テケリ

ト侍ルヨシ、或ル人語テ、事ハ実ニ不思議ナレドモ、和讃ノ言ハイトヨロシカラズ。信心サムル心地セリ。霊仏ノミメワロキニ戸帳ヲカクル如クニ、此ノ和讃モ箱ノ中ニ可キレ収ムヲヤ。(7)

この内容は、三段に分けて考えられる。第一は、行基の誕生説話、第二は、和讃伝承の事実、第三は、和讃本文に対する批判である。第一については、『日本往生極楽記』以下に伝承された誕生説話の特異な展開と見ることができるが、とくに「大仏頂陀羅尼」を挙げているのが注目される。

この陀羅尼は、不空訳で、空海・恵運によって請来され、大随求陀羅尼とともに東密において読誦されるもっとも長い陀羅尼であり、また、無量の功徳を供えるといわれる。行基の誕生とは歴史的に合致しないが、無住の陀羅尼信仰からの意味づけであろう。

つぎに、「彼ノ御誕生ノ所ニ、昔ヨリ講行ナド行ジテ、和讃ヲ作テ誦シ侍ルナリ」とする伝聞の記述であるが、「彼ノ御誕生ノ所」とは、慶雲元年（七〇四）、行基が生家を掃き清めて仏閣としたとする、四十九院の第一号である家原寺を指すものであろう。

家原寺には、叡尊が、寛元三年（一二四五）四十五歳の折、住んで堂宇を再興し、説戒授戒して

活潑な戒律復興運動に従っていた。この様子はその自伝『感身学正記』の記事にくわしい。

『沙石集』執筆年代―弘安六年（一二八三）仲秋脱稿にさか上ること約四十年前であった。すでに家原寺においては行基講が行なわれ、和讃が誦せられていたことを実証する注目すべき記述である。諸講会に和讃が誦せられたのは広く行なわれた行儀であるが、「昔ヨリ」とあるのは、戒律の復興と民衆教化に力を尽くした叡尊と密接な関係があったのかも知れない。また、叡尊の中興に先立って、『行基年譜』（安元元年〈一一七五〉成立）、『行基菩薩伝』（安元元年以前の成立）が著作されているのが注目される。

その後、正和五年（一三一六）家原寺の住持行覚が、菅原寺の本記に基づいて『行基菩薩行状絵伝』を描かせて行基信仰を広くすすめたことが知られ、さらに、文和二年（一三五二）絵詞が作られたのであるが、それ以前に、すでに「行基の和讃」が流布していた事実は注目に価する。和讃の本文は、通行の本文によると、

生れたまひし形体の　無生の物にて有ければ
父母怪しみ恐れつつ　榎の上にぞ捧げおき

とする箇所であるが、現在、「行基菩薩和讃」の古写本は発見されておらず、本文は確定しがたい。ただし、おそらくは、鎌倉初期に『沙石集』所載の本文が流布していたことは事実であろう。無住が、誕生霊験を首肯しつつも、和讃本文の表現を批判した点には、和讃に、より格調高く文学性豊かな表現を求めてのことであろうし、無住の和讃に対する認識を物語る好資料でもある。

中世初期は、和讃の暗黒時代ともいえる。和讃の一部が切り出されて法文歌に摂取されるなど、変貌はまた、衰亡にもつながったのである。

『沙石集』の脱稿の弘安六年より四年後、弘安十年、一遍は松原海岸で「別願和讃」を作っており、また親鸞の和讃も受容の時代には入っていない。「正像末和讃」の顕智書写は、正応三年(一二九〇)のことであった。

「行基菩薩和讃」の流布は、鎌倉期初期〜中期における受容の相を示すものであるが、創造の時代もさして遠いものではなかったことを推定し得るのである。

四　「天台大師和讃」の受容

中世における「天台大師和讃」の受容の状況を示す資料が同じく無住の『雑談集』に見られる。巻四「錫杖事」で錫杖の誦し方の誤りを指摘した条につづいて、

因ニ天台大師ノ和讃モ、人アシク誦ス、「瑞湖亘三百里、渠梁合テ六十所、一時ニ法流ハ成テコソ、流水品ヲゾ説給ヘ」。「亘リテ」ト誦スルハ誤也。「亘《ワタリ》」ト誦スベシ[8]

と記し、以下、くわしい解釈におよび、つづいて、「斎ノ庭ニ数レバ」の句の解釈をつけ加えている。[9]

本和讃の注釈書として現在見られる最古のものは、室町初期になった仙波喜多院六世隠海(一三三九〜一四一四)作の『天台大師和讃註』であり、つづいて、永正十年(一五一二)成立の同じく

仙波十四世実海の『天台大師和讃聞書』があげられる。実海はまた『鷲林拾葉鈔』の序を書いており、仙波は、関東天台(田舎恵心)の中心として談義が盛行し、多くの談義本を生み出したが、その時期に、本和讃の談義本が著作されたことが重要で、特に『註』の存在は高く評価すべきであろう。しかし、鎌倉期に、たとえ部分的にしても、本和讃の注釈がなされている点に、無住の先駆的業績を認めることができる。

無住は、十三歳の折、鎌倉寿福寺へ入ったが、寿福寺はもと「葉上房之寺」として、政子の祈願により亀ヶ谷の地を、台密葉上流を開いた栄西に寄進して建立された寺であり、台密の行法を中心とした。のち、無住が釈論を聞いた世良田長楽寺は、栄西の資栄朝が蓮華流を兼伝して葉上流を伝えた寺であり、ここを中心としてのち、関西に分流していったのである。

いうまでもなく、無住は広く顕密のなかに育くまれた人であるから、必ずしも天台教学をのみ中心としたわけでもなかったが、やはり、当時流布していた「天台大師和讃」への関心を深めたものであろう。この当時本和讃がどのように受容され、また、いかなる行儀に用いられたかは判明しない。現存の和讃最古の本文、天文九年(一五四〇)の写本は、諷誦本であり、霜月会に用いられたことは明らかであるが、無住の時代の用法は明らかでない。しかし、ともかく諷誦されていたことは間違いない(もともと「誦」はそらんじとなえることであるが、和讃の場合は、諷誦と解してよかろう)。その後、近世に至って、本和讃は、「天台講法則」のなかに収められるようになった。無住の指摘は、「天台大師和讃」創造の時代をへて長い受容時代の一コマを物語る貴重な資料である。本和讃は、すでに法文歌に摂取され変貌するが、これは一時的現象にとどまり、和讃そのものの受容の相に特質を認めることができる。

『雑談集』のこの記事については、すでに小見を述べたが、[10] 山田昭全・三木紀人両氏校註の『雑談集』に有益な指摘がある。

いま、天文九年写本による和讃本文を示すことにする。高僧讃としてひきしまった一編であり、長い生命力を現代に伝えている（本写本は、仙波南院に伝持されたもの）。

天台大師和讃

帰命頂礼大唐国　天台大師ハ能化之主
仏之使ト世ニ出テ　一乗妙法説キ給ウ
眉ハ八字ニ相分レ　目ニハ重童相浮ヒ
妙恵深禅ニ身ヲ荘リ　仏ニ殆ト近カリキ
嬰児間ノ瑞相モ　自人殊ニ御座シテ
臥テハ必ス合掌シ　居テハ定テ西ニ向ク
生年七歳ナリシ時キ　好テ寺ニ詣ツレハ
諸僧口ニ授ケシニ　普門品ヲソ以テデシ
一度聞事得テシカバ　永ク不忘成ニケリ
残ハ訓ル人無テ　独リ空ニソ覚ニキ

長沙仏之御前ヘニテ
比丘ト成テ正法ヲ
仏ヲ礼拝セシ程ニ
定光菩薩招テソ
年是十八ナリシ時キ
二十歳ニ至テソ
禅悦意ニ深ク染ミ
大蘇山ニ攀シ登リ
昔ハ霊山浄土ニテ
宿縁不《ス》レ朽事亦タ
其ノ時普賢行法ヲ
二七日ニ至テゾ
受法ノ大師ニ相賛リ
三々眛ト三観智
文字法師ハ百千万
弁才海ハ不レ尽モせ(ママ)
昼夜ニ流写シ給ウニ

大弘願ヲ発シテゾ
荷負せん(ママ)トハ誓テシ
悦《ホノカ》ニ夢ノ如ニテ
行末鑒テ教テシ
果願寺ニシテ出家シ
具足戒ヲハ受ケ給ウ
支亍ヲ尋ネ訪ト
南岳大師ニ親ヘシニ
同法花ヲ聴キシカハ
来ナリトゾ宣玉ウ
教テ修せシメ給イシニ
法華三眛得給イシ
金字ノ大品講せシニ
是計リヲソ問イ受ケシ
力ヲ合せテ尋ヌレハ
説法尤モ第一ナリ
瓦官寺ニシテ八ケ年

法華ヲ弘宣シ給ウニ
一日朝義ヲ留テソ
語黙ノ役ヲ蒙ル者ノ
徒衆転タ多クシテ
陳ノ大建七年ニ
宣帝留メ給ヘトモ
其山険ク高クシテ
周ハ八百余里ニシテ
東蒼海遙カニテ
西ニハ長山連テ
石橋《シャツキャウ》渡テ如《ク》レ虹《ニジ》ノ
鳳鳥鸞鳥飛ヒカケリ
白道猷カ旧キ室ロ
一々廻テ見給ウニ
即定光菩薩ノ
木ヲ植庵ヲ作テソ
其後花頂峯ニシテ

梁陳旧徳皆来タリ
王侯双将集テ
斉々トシテ有リシカハ
自行障ヲ成セシカハ
生年卅八ニシテ
天台山ニソ入リ給ウ
一万八千丈余ナリ
八重一ガ如クナリ
蓬萊方丈不《ス》レ遠カラ
人無キ境ニ入リニケリ
滝水落テ布ヲ引ク
銀地金地ニ分レタリ
王子晋カ本ノ跡ト
昔夢ニ不異ナラ
室ヨリ北ニ占地ヲ
始テ縁坐シ玉イシ
後夜ニ座禅シ給ウニ

天魔ハ種々悩せト
明星漸ク出ル程
自行化他ノ今ヨりハ
其年菜色相現シ
宣帝是ヲ聞召シ
始《シ》豊《フウ》懸ノ御貢《ミツキ》ヲハ
両戸ノ民ヲ除キテソ
浄名経ヲ講セシニ
峰ニハ瑠璃スキ徹ル
梵僧数十毎ニレ手
子雄本林成セシカハ
山基ノ巨海ニ
髗骨積《ロウコツツモリ》テ笠トナル
水精哀ムノミナラス
慈悲ヲ輪シ給イテソ
端《タン》朝渡テ三百里
一時ニ法流ト成テコソ

降伏シタマイ御座シニキ
胡僧形ヲ現シテソ
影向せんトハ誓テシ
僧衆縁ニ随カヘハ
勅命俄ニ下シテソ
衆ノ費ニ当テ給ウ
薪水ニ役シ給イケル
砌ノ前ニ山現シ
谷ニハ琳瑯敷キ満テリ
香炉捧テ出来ル
講堂改メ造ニキ
黎民漁重ケレハ
蝿蛆ノ鳴ク音雷同シ
船人危ミ多ケレハ
衣物捨テソ賛取リシ
渠築合せテ六十所
流水品ヲハ講せシカ

上
財施法施ノ功徳ノ　限リ有コト無ケレハ
昔ノ野生地ヨリモ　是ヲソ勝《スクレ》テ想《ヲホシ》シケル
陳ノ太子永陽王　猟シテ馬ヨリ落給ウ
殆ト絶ルニ及程ト　観音懺行せシニ
梵僧眼ニ見ヘケレハ　痛ム所モ翻ミニケリ
因《ヨリテ》レ茲《テコレ》ニ生々ニ　大師ニ使ントハ云シ
大極殿ノ内ニシテ　仁王般若ヲ講せシニ
諸僧勅ヲ蒙テソ　激難戈ヲハ競イケル
論議ハ冬ノ氷ニテ　峨《カヽ》々ト結テ堅タケレド
解事夏之日ニ似テソ　赫々トシテ滅《キ》ヘニケリ
主上三停シ給ウニ 異ニハ拝ト之有　立居ニ三度ソ礼シケル
大師ノ銘誉ハ是ヨリモ　弥々天下充満リ
隋帝斎会ヲ設テソ　菩薩戒ヲハ受ケ玉ウ
諱《イミナ》ヲ大師ニ奉ツル　智者トハ自是申也
所有《シヤウ》施物《センモ》六十種　一モ留メ不《テ》レ給ハ
悲田経田二ニテ　分テ返シ給イケル
生年五十七ニテ　摩訶止観説キ給ウ

一夏間ニ敷揚シ
止観一部ハ大師ノ
法花ヲ人ニ知セムト
大師ハ自《リ》レ本《ト》山石ヲ
チン随二帝相次ヘ
凡十二年ヲ経テ
人セキ久絶テコソ
山ノ中ハニ至ルホト
眉髪髭モ白クシテ
一時月ノ夜静ニテ
胡僧カタチヲ現シテソ
随帝頻請給ニ
石城寺ニ至リソ
最後説法給ニ
聞者ナミタヲ流シテソ
十如宝珠十法界
四躰六度十二縁

チウ宝二時慈住ス
己心中ノ法ナレハ
名字ヲカヘテ説給
好テ陰給ハ
請シ下シ奉ル
キウキヨニ返リ玉ホト
竹樹林トハ成ニケリ
俄ニ沙門相値ヘリ
立モトヲヘテゾ隠《カク》レニシ
人トカタラウ気シキアリ
終ヲ告クルニ成ニケリ
山ヨリ下リ給ホト
遷化ニハト宣給
弁才常ヨリ妙ニシテ
ウレノ海ニハシツミケリ
四教三観四悉旦
一々ノ法門相摂ス

智朗禅師カ問ハ　位ハ第五品ニシテ
観音来迎給ハ　浄土ヘ往トソ宣給フ
其年生年六十サイ　随ノ開コ十七年
仲冬二十四日ノ　未時ニソ失給
其時風雲相サハキ　サウ木ウナタレ水咽ヒ
沙羅相樹ノ昔ニモ　相ヲトラストソ慈《カナシ》シ
カツヨリ外ノ十日ハ　道俗拝奉ル
容顔変スル事無テ　身ヨリ汗ヲソ流シケル
遠忌至ル時事ニ　カツヲ開テ礼ハ
堯眉舜目ウルヲシク　鬢髪生テソ座シ
斎場《イモリニハ》ニテ数ウレハ　千一ソアマリニシ
名字ヲ呼テ点スレハ　本ノ数ニ不レ異
凡ソ大師ノ一生ノ　所作の行業多ケレハ
多ノ功徳ノ其中ニ　少ノ功徳是云ハ
造ル寺ハ三十五　写《ウツセル》ル経ハ十五蔵
金檀絵像十万遇　渡ル僧衆ハ四千人
伝教覚子三十人　習禅覚士充満リ

凡五十余宗ノ　道俗其ノ数難《シ》レ知《リ》
大師ノ徳行無《シ》ニハカリ　心モ言モ不及
一言讃ヲ縁トシテ　三会ニ必ス値遇セン三反　（『仏教歌謡集成』）

五　近世における受容

近世に至って仏教教団の儀礼が固定化したことは、ある意味で言えば、成長展開の様相であり、整えられた儀礼の姿と見ることもできるが、また、逆に固定化以前の姿に宗教的エネルギーの燃焼を認めることもできる。

時宗における近世の「年中行事」[11]を見ると、重要な勤式の晨朝には「礼居両讃」[12]を中心として「晨朝本式」が用いられたようである。また、宗祖忌などの逮夜には、「日没礼居両讃」が修行せられている。

諏訪神社祭礼には「恩徳讃」、九日の開山忌には「晨朝本式」の他、「日中礼居両讃」「末法讃」など、十一月の一ツ火之式―別時念仏法要には、晨朝・日中・日没・初夜に、それぞれ「礼居両讃」「来迎讃」などが用いられていることが知られる。ここに、「極楽六時讃」が儀礼として固定化した様子を見ることができる。

浄土宗において、和讃は法儀のなかに用いられていないが、広く和讃に通用の価値を認めていたようである。

関東十八檀林の一、浄国寺の日鑑[13]を見ると、弘化四年（一八四七）三月十九日、館林善導寺住職が江戸の帰途訪れた折の返礼として、

一功過自知録　拾部　一火急用意　拾部　一和讃三通　三拾部

他をあげている。和讃の刊本を返礼に用いたことを見ると、かなり重要視されていたものに違いないが、この和讃の内容種類については知り得ないのが惜しまれる。

一方、近世において、おびただしい和讃の刊本の類が見られる点に量的受容の姿を見るが、質的価値は、また異なるものがあったと言えよう。

注

（1）『往生伝　法華験記』（『日本思想大系』）
（2）『浄土宗全書』第十五。
（3）堀一郎『我が国民間信仰の研究』㈠宗教史編。
（4）伊藤博之「隠遁と求道」―『中世の文学』（有斐閣選書）
（5）「史科大成」9―13。
（6）山田孝雄「梁塵秘抄をよむ」―『増訂梁塵秘抄』
（7）『沙石集』（『日本古典文学大系』）ただし、和讃の語義については、頭注に誤りがある。また、前記、『日本往生極楽記』の補注も誤りである。通行の『日本国語大辞典』も決定的な誤解に基づいている。
（8）『雑談集』（『中世の文学』）
（9）多屋頼俊『和讃史概説』
（10）拙著『仏教歌謡の研究』
（11）『藤沢山日鑑』第一巻。（藤沢市文書館編）
（12）「礼讃」のおり、多く座したまま行なう故、「居讃」という。
（13）『浄国寺日鑑』（『岩槻市史』所収）

三　和讃の形相

一　和讃の形成

和讃の第一次生成は、平安朝中期になされた。浄土系和讃を中心として、数々の作品が開花したことは、まさに、わが国に仏教歌謡の盛期をもたらしたかの感があった。

インドの讃歌は、いわゆる讃仏経典を中心として展開し、中国においては、曇鸞の『讃阿弥陀仏偈』、善導の『往生礼讃偈』(『六時礼讃』)以下、浄土教にすぐれた讃歌が生み出され、わが国にも強い影響を与えたことはすでに知られるとおりである（インド・中国における讃歌の展開については、近刊の『仏教文化大事典』を参照されたい)。親鸞は、曇鸞の『偈』にもとづいて『讃阿弥陀仏偈和讃』に新たな創造を試み、善導の『偈』が、広くわが国浄土教教団に摂取されて儀礼化し、勤行・法会に正統的地位をしめたのであった。

和讃は、漢讃に触発されつつも、和歌によって育まれて生成したのであり、わが国仏教歌謡の中心的ジャンルとして、その永遠なる生命と形式とを獲得したのであった。和讃から法文歌を生み、また、親鸞がその和讃創造において、法文歌からの直接影響を受けたという点において、和讃の二次的生成を見ることができる。

もちろん、和讃の直接の母胎としては、讃嘆をあげることは当然であるが、和讃という仏教歌謡の創造は、まさに画期的なできごとであった。

讃嘆には、まだかたくななぎこちなさが見られ、思想的浸潤もいまだ十分でないように思える。法会の歌謡として短歌形式から一歩先んじ、新しい形式創造へのあこがれと、旧いものからの脱却への努力は見られるが、その形式は、しだいに涸渇し、多くの作品を生み出すには至らず、その歌謡的生命は短いものであった。しかし、仏教歌謡としては儀礼的に固定していった側面は見のがせない。

和讃の生成は、単に仏教歌謡における一ジャンルの誕生にとどまるものではない。それは、わが国詩歌史において、また歌謡史における、画期的な宗教表現の形式の発見であった。

もちろん、仏教史における意味は、また、これ以上に大きな価値の転換をもたらしたのであった。

仏教を語ることと、歌うこととは、まったく同じ表現活動ではない。歌うことには、大いなる信仰感動の具体的表現のエキス、あこがれと喜びと、苦悩の告白と、そういう内的欲求から生まれた魂の燃焼がある。

ここに、千観の「阿弥陀の和讃」の成立について述べた『日本往生極楽記』の感動的な記述を見よう。

二　和讃の本質――「阿弥陀の和讃」に見える

延暦寺の阿闍梨伝燈大法師位千観は、俗姓橘氏。その母、子なかりき。竊に観音に祈りて、夢に蓮華一茎を得たり。後に終に娠みて、闍梨を誕めり。闍梨心に慈悲あり、面に瞋の色なし。顕密を学びて、博く渉らずといふことなし。食の時を除くの外、書案《ふみづくえ》を去らず。阿弥陀の倭讃廿余行を作りて、都鄙老少、もて口実となせり。極楽結縁の者、往々《ところどころ》にして多し。闍梨夢みらく、人あり語りて曰く、信心これ深し、あに極楽上品の蓮を隔てむや。善根無量なり。定めて弥勒下生の暁を期せむといへり。闍梨八事をもて徒衆を誡め、十願を発して群生を導けり、遷化の時、手に願文を握《にぎ》り、口に仏号を唱へたり。権中納言敦忠卿の第一の女子、久しくもて師となせり。相語りて曰く、大師命終りての後、夢の中に必ず生れむ処を示したまへといふ。入滅していまだ幾《いくばく》ならざるに夢みらく、闍梨蓮花の船に上りて、昔作りしところの弥陀の讃を唱へて西に行くとみたり。

これは、和讃生成期におけるきわめて重要な叙述であるように思われる。

従来、最古の和讃としては、慈恵作と伝える「註本覚讃」をあげた。これは、不空訳と伝える『如法蓮華三昧秘密三摩耶経』の巻頭の偈頌、いわゆる「本覚讃」を和讃の形をとって注釈した、きわめて荘重な作品であり、顕密融合、西方願生の思想が見え、本覚法身の実現をはかろうとしている点から、これを源信作とする考え方もあった。

しかし、本覚思想の展開から、一一五〇年（平安末期）から、一二〇〇年（鎌倉初期）成立とする説が出されているのは注目すべきことである（田村芳朗『天台本覚論』解説による）。

さらに、世に広く「空也和讃」なるものが伝えられているのは周知のごとくである。二七六句におよぶ長編和讃であり、その豊かな詩的表現と深い思想性が渾然と融合した古和讃の白眉であるが、その成立についての記述は、古資料に得ることはできない。仏教関係諸辞典類その他にも「空也和讃」については、ほとんど述べられることがないのも不思議といえば不思議なことで、この意味で「幻の和讃」ともいえようと思われる。

ひたひたと心にせまる無常のひびきは、日本人好みとする短調のメロディを形づくるにふさわしい。この点『梁塵秘抄』以下、時衆の本作和讃、また、東密仏名会の伽陀などに広く受容、変貌し、時代とともにさらに、広く浄土系和讃、念仏讃などに滲透していき、浄土の歌声として流布していったには、「空也和讃」の本来もっていた原初的な歌謡性を無視できないと思われる。従って、歌謡史上に流れる価値として、「空也和讃」の占める位置は、きわめて偉大であるが、文献的には実証しがたい面が多い。しかし逆にその点にこそ、歌謡としての魅力があるのかも知れない。文献上の記載を追うあまり、歌謡としての本質を見失ってしまう欠陥も十分に意識しなくてはならぬが、また、千観の「阿弥陀の和讃」は、わが国における和讃に関するもっとも古く、しかも信頼し得る叙述として重要な数々の課題を提供していることも見逃せない事実である。

千観は、その母の真摯な観音信仰から得た一子であり、心地玉のごとき往生人であった。学者として教相に親しんだが、あわせて真の宗教者であった。世に、仏教学者必ずしも宗教者でなく、ともすれば教相に従うが故に事相を軽んずる傾向がないわけではないし、また熱烈なる事相者は、とかくして教相にうというらみがある。学問と信仰との二元性は、しばしば当面する課題である。この点、千観は理想的な修道者であったといえる。

まず注目すべきは、「阿弥陀の倭讃廿余行を作りて、都鄙老少、もて口実とせり」とする和讃制作とその受容の記事である。

この記事が信頼し得るのは、『往生極楽記』成立の下限が、寛和元年（九八五）四月と推定されていること、(1)千観の没年、永観三年（九八三）がもっともこれに近いことである。

「阿弥陀の和讃」は、いわゆる「極楽国弥陀和讃」六十八句をさすことは疑いない。建久三年（一一九二）四月二十日書写の「地蔵和讃」断簡は、三句を一行書きにして三十句から成っていることから考えると、二十余行は、六十八句となるわけで、すでに古くからこのような和讃の記述があったことが知られて興味深く思われる。

○七重行樹カゲ清ク　八功徳水池スミテ
苦空無我ノ波唱へ　常楽我浄ノ風吹キテ

○十悪五逆謗法等　極重最下ノ罪人モ
一タビ南無ト唱フレバ　引接サダメテ疑ハズ
○我等ガ此身楽シマム　弥陀ノ誓ニ救ハレテ
来世ハ蓮ノ上ニシテ　此身ハ聖ヲ友トシテ
○人身フタタビ受難シ　仏教値フ事稀ナルニ
ミナ人心ヒトツニテ　弥陀ニハツカヘ奉レ
○弥陀ノ誓ノ無カリセバ　我等ハ浮ム時ナケン
釈迦牟尼仏此由ヲ　説キ置キ給ハズナルナラバ
多クノ生死過シキテ　長夜ノ闇ニ迷ヒナム
帰命頂礼釈迦尊　五濁悪世ノ能化ノ主
大悲我等ヲ捨テズシテ　三途ノ苦シミヌキ給フ
帰命頂礼弥陀尊　極楽界会ノ能化ノ主
タトヘ罪業重クトモ　引摂カナラズ垂レ給ヘ　（『日本歌謡集成』巻四）

などは、愛誦歌として独立しても歌われたものらしく、法文歌、和讃、念仏歌謡など、また中世歌謡から近世歌謡に大きく摂取受容されていった。和讃という型式が生み出した最初の詩的結実の偉大さを見ることができよう。「千観内供八ヶ条起請」に見られるひたむきな内的求道が、豊かな宗教的感動として形象化したのであろう。

さらに驚くべきことは、この和讃の一節が四句に切り出されて、広く顕密の法会の歌謡である訓伽陀に摂取されている例は、すでに述べた。天台において、和讃は、声明としての確固たる資格を持たないものであるが、とくに東密に摂取され法会に用いられた例は「極楽国弥陀和讃」の豊かな仏教歌謡的性格を示すものとして注目される。

訓伽陀は、教化と並び、わが国の生んだ重要な仏教歌謡であり、教化が平安期に開花したのに対し、訓伽陀は、ややおくれて中世にその最盛期をむかえたようである。世に「訓伽陀」を、「伽陀を訓じたもの」とする定義が広く通行しているが、これは誤まりで、和文の伽陀を意味することは言うまでもない。

法会に用いられる伽陀は、梵讃・漢讃の類であったが、日本語による法会歌謡の創造の意義はまことに大きく、法会の表現が真に日本人のものとなったことを意味している。

千観の和讃が、和讃という形式をこえて、しかも顕密に広く用いられた、その普遍性は高く評価されねばならない。またその受容・変貌の姿にも、詩的真実と宗教的真実の融合した聖なる文学性を認めることができるのである。

この和讃は京・田舎のもの、つまり、都市民と地方民にかかわらず、手にとって愛唱歌とした。よって、極楽浄土と縁を結ぶものがあちらこちらに多かったと述べているのが注目される。浄土往生を願う人々の心の歌声となって、各地に広く流布したさまが語られているのである。ここに、和讃成仏の考え方が見えるのも興味深い。

ところが『今昔物語集』巻第十五の「比叡山千観内供往生語」第十六では、

京田舎ノ老少貴賤ノ僧、此ノ讃ヲ見テ、興ジ翫テ、常々誦スル間ニ、皆極楽往生ノ結縁ハ成ヌ。

とあるが、ここでは、僧に限定され、和讃を聖職者に結びつけている。そして僧が誦することによって、すべての者が極楽浄土と結縁したとする点、聖職者による呪詞的性格をもった和讃に性格をかえていることが注目される。カトリックの典礼音楽的な色彩をもったものといえる。この点『往生極楽記』の記事の方が、より普遍的な弥陀の救済に結びついているといえるし、仏教歌謡たる和讃としての本質的受容の相を率直に示しているといってよいかと思う。

しかし、この聖職者による呪詞的受容は、後の時衆和讃、また親鸞作の『三帖和讃』にも見られるもので、和讃受容の一側面を語っているともいえる。

一切の呪術的要素を否定した、かのプロテスタント教会においても、一部儀礼における神秘的要素や、祈禱の呪術性ないし儀礼語の呪詞性などが指摘し得るのであって、儀礼に伴なう讃歌の呪詞的性格は、宗教の原初性に根ざすものであるかも知れない。

なお和讃は、訓伽陀を母胎として生成されたものではないことは、改めて言うまでもなかろう。(2) 和讃は生活と宗教とがまざり出したところに生まれるのであり、真の意味で歌謡と宗教との一致と言ってもよい。

三　混交と融合——呪詞性

わが国の中世は、種々の意味において、一大混交と融合の時代とも言えよう。中世の和讃は、まさしくこの時代の文化相を如実に投影した姿をとどめていると思われる。

時衆の本作和讃は、長い創造の過程をへて、古和讃の摂取を意欲的に試み、質的転換をもたらした。古和讃の摂取は、ある意味で言えば模倣であり、ともすれば大きな陥穽が待ちかまえているが、時衆の和讃は、古和讃に新鮮な生命をおくりこんで偉大なる融合をなしとげたのであった。

また親鸞の『三帖和讃』にも、多くの異質な和讃が集成されており、その成立年次も一様でない。とくに「正像末和讃」には、巻頭の夢告讃をはじめとして、正像末浄土和讃五十八首、疑惑和讃といわれる二十三首、皇太子聖徳奉讃十一首、愚禿悲歎述懐十六首、いわゆる善光寺和讃五首、いわれる閣筆の和讃二首が収められ、自然法爾の章とよばれる法語が含まれている点が注目される。以上の和讃については、成立が重層的であり、並列的性格はまったく認められないのであるが、とくに愚禿悲歎述懐に即身成仏的思惟の深まりが見られる点が注目される。この点、前二帖の「浄土」「浄土高僧」の二和讃とも異質であると同時に、同一帖内においても異質な作品の混交が見られる。

しかし、そのような混交のなかに八十六歳を過ぎて親鸞のたどりついた実存の姿を認めることができるのではあるまいか。もっとも、本帖の成立については、集成にきわめて複雑な事情があることが推定されるが、ともかくも次第に求心的傾向を示した親鸞の思惟の深まりを否定することはできないと思われる。

本文的に言えば、文明開板本は流布本であり、必ずしも原本文を伝えているものではないかも知れず、構成も多元的である。しかし、各地方の宗教共同体としての真宗教団に広く受容された点では、これにまさるものはない。作品は、受容によって初めて意味を持つものであるから、文明開板本の価値は、本文批評上の課題をこえて国宝本にまさるとも言ってよい。

また、和讃史における開板は、『三帖和讃』をもって嚆矢とする事実(ひろく和讃の開板は江戸期寛文以降盛行する)もさることながら、宗教共同体讃歌として、異教キリスト教の神への讃美の歌声との劇的な対立相剋のなかに『三帖和讃』が受容された事実を忘れるわけにはいかない。

しかも、越前吉崎での開板には、単に仏教文化の地方化現象を見るのみでなく、和讃受容の集団的移動性を指摘できる(この点、時衆教団における和讃の受容と共通する一面がある)。比喩的に言うなら〝旅する和讃〟と言えるかも知れない。和讃の本来的性格は、遊行性のうちにあるとも言えよう。

しかしまた、文明年間、「正信偈和讃」として広く法儀に用いられるようになったことは、一つの固定化であり、儀礼化であったわけだが、ある意味でいえば、仏教歌謡としての価値を確実に獲得していった一面であるともいえよう。

そしていわゆる六首引・三首引という念仏和讃の型を固定し、仏前の法儀に用いられ儀礼化されるにいたったのである。しかしそこにまた、大きな危険をはらむこととなった。それは、呪詞としての性格である。

もちろん、真宗教団においては、念仏の呪術性を排したのであるが、念仏それ自身に伴った属性は、なかなか克服されるものではなかった。とすれば、念仏に附加された和讃それ自身も一つの呪詞的性格を内包していたわけで、弥陀の救済にあずかった報恩感謝の念仏としてのみ純粋性を保つことは不可能であったと思われる。報恩感謝の念仏自体が、すでに呪詞性を含んでいたともいえる。

時宗で勤修される十一月の別時念仏会、その御滅燈の式のごとき、おのずから密教的雰囲気をかもし出し、ただひたすら、静かに、また深く唱えられる念仏は、きわめて呪術性のこいものである。

四　中世の和讃

中世は、音少なくして、しかも音豊かであった時代である。仏への呼び声が静寂なる自然を通して、人々の魂にひびきわたった時代でもあった。和讃は、もともと集団的受容性を有するものであるが、とくに中世文学の特質である〃座の文学〃という点から見れば、その本来的文学性を共有する、まさに〃中世の文学〃と言ってもよいと思われる。

一声に一つずつの意味と価値をもって、和讃は限りない仏への慕情を伴って、宗教共同体―道場・時衆・念仏衆・一向衆の声の広場に高まったのである。宗教的歌ごえ運動ともいえる。

中世は、わが国仏教歌謡史における和讃の生命の開花した時であった。和讃は民衆の心に生きて、わが生きる道の発見、わが生の発見につながった。この意味で、単に仏教史の一事実としてのみでなく、中世に生きた人々の魂の歌声として評価さるべきであると思われる。中世において、和讃受容と匹敵するものが他にあろうか。まして、生の源泉につながった、人間それ自身の課題としての本質においてをやである。

注

（1）『往生伝　法華験記』『日本思想大系』解説。

（2）『今昔物語集』二（『日本古典文学大系』）七七頁「和讃」の頭注に、

「漢文の偈を訳した訓伽陀から出た仏教歌謡で、多く七五調の今様歌風」

とある。これは、「訓伽陀」の意味をも誤解し、また和讃から法文歌が生まれたことから考えても、「今様歌風」も誤解である。この種の今様の歌体に模したとする説明はかなり流布された誤解である。諸国語辞典に見える「和讃」に対する誤解も著しい。たとえば『岩波国語辞典』第三版には、「日本語でつづられた、経文の偈」とある。この点、『広辞苑』の叙述は正しい。

四　顕密復興のうたごえ

一　和讃の中世的展開

平安中期に生成し、わが国仏教歌謡のなかに中心的存在をしめるようになった和讃は、中世をむかえて、そのジャンル創造のエネルギーを持続し発展させ、真に文学的季節をむかえるに至ったのである。(ここでは、和讃を、広く日本語による仏教歌謡という意味でなく、仏教歌謡のジャンルとして用いた。)

和讃を分類すれば、仏讃・法讃・僧讃となろうが、このすべてを含む一大創造を試みたのは、親鸞の『三帖和讃』であり、さらに、自己内心の真摯にして、ひたむきな魂の告白のひびきを「正像末和讃」にとどめている。そこには、きわめて直線的・鋭角的・意志的なメロディーがかなでられる。

平安朝成立のいわゆる古和讃には「註本覚讃」「円寂塔和讃」などの聖歌群、「天台大師和讃」などの叙事詩的高僧讃群、幻想的ロマンのかおり高い『極楽六時讃』「来迎讃」ほか、「空也和讃」

「極楽国弥陀和讃」などにみられる浄土讃歌群などがあり、多種多様な開花を示したが、いまだ煩悩と菩提のあいだにたゆとう個人の救済にしぼられた求心的傾向はほとんど見ることができないように思われる。この領域は、むしろ釈教歌の独占する世界であったものだが、中世に至って和讃が個人的宗教的抒情の発露として、かけがえのない宗教体験告白のジャンルとして再生した点に仏教文学的意義を見出したいと考える。

時衆の和讃にしても、新作といわれる、一遍以下、代々の上人たちの作には、この傾向がつよく見られる。しかも、親鸞の和讃と対比するとき、それらの作品は、きわめて抒情の色こく曲線的である。古和讃の摂取・受容の上になった本作とよばれる作品の多くは、仏讃・法讃の類である。

二　中世における高僧讃

中世は、人が仏法を開いた時代であるといえる。文学も人について語り、人をなつかしむものが多い。『徒然草』などはその代表的なものであろう。また、はかない現実を見つめ、そのなかで生きていくために、人は賢さを求めた。絶望と衝撃にたえぬくためには、智慧が必要である。中世文学に見られる教訓的色彩、また説話の盛行も、生きぬくための賢さの希求にほかならない。「しなかたちこそ生まれつきたらめ、心はなどか賢きより賢きにも移さば移らざらむ」（『徒然草』第一段）とあるのもこのへんの事情から説明できると思われる。

人への興味は、和讃の世界においても数々のすぐれた高僧讃を生んだ。伝記讃といってもよい。

中世末から近世にいたると、完全な叙事的な伝記讃となり、歌謡的要素が乏しくなって、読む和讃に変質していった。従って、きわめて長編化し大型本化をもたらした。伝記的和讃「親鸞聖人御本伝和讃」、編年体和讃「弘法大師年譜和讃」・「興教大師年譜和讃」の類の出現である。

親鸞は、「浄土高僧和讃」に、龍樹・天親・曇鸞・道綽・善導・源信・源空の浄土七祖を讃嘆しているが、単なる叙事でなく、仏の教えをとどけてくれた祖師たちへのなつかしみと親しみが心暖かくうたわれていることを知るのである。

恩愛はなはだたちがたく
生死はなはだつきがたし
念仏三昧行じてぞ
罪障を滅し度脱せし　（龍樹讃）

後半の典拠は、龍樹の『大智度論』を引いた唐の道綽の『安楽集』にもとづくが、前半には典拠はない。そこにあるものは、親鸞の体験のみである。たえがたい恩愛と生死の苦悩の実相を見つめるのは、慧の深まりであり、その慧によって開かれるのが宗教的実践である。

この意味で親鸞の高僧讃嘆のうたごえは、中世和讃の特質を内包したものといえるだろう。

三　「過海大師和讃」

『仏教和讃五百題』（大正五年　藤井佐兵衛刊――綿密な本文校訂をへたものでもなく、底本なども明らかにしていないいわゆる坊間の書であるが、本文資料発掘のためには有用である）の「本朝高僧信徒発心の部」に、「過海大師和讃」が収載されている。一八四句におよぶ中編の長和讃で、鑑真の事跡とくにその渡海とわが国における伝法について讃嘆した格調高い和讃である。五度の渡航に失敗し、ついに失明したにもかかわらず、その布教伝道の情熱はいささかもおとろえることなく、七五三年、遣唐使船に便乗して薩摩坊の津に漂着、翌天平勝宝六年（七五四）、東大寺毘盧遮那仏前に戒壇を造営、聖武天皇以下菩薩戒を受けるもの四四〇余人、旧戒を捨てて具足戒を受けるもの八〇余人、東大寺戒壇院を建て、唐招提寺を開いた。先年、中国に里帰りした、あの温顔をたたえつつも五体骨太く静かに情熱をうちにひめた鑑真和上座像は、いまにその面影を伝えている。

本和讃は、従来あまりふれられることがなかったが、その成立は中世にさかのぼることが実証されるのである。

過海大師和讃

帰命頂礼揚州の　伝戒祖師能化の主
仏の使と世に出て　毘奈耶蔵を説給ふ
本是江陽県の人　生年十四になりし時
慈父に随ひ寺に入り　仏像礼して発心す
智満禅師の弟子として　初て沙弥の戒を受け
道岸律師に依付してぞ　後には菩薩戒をうく

実際寺にして登壇し　具足戒を受しより
東西二京に遊戯して　大小三蔵兼ね習ふ
大雲寺を住所とし　淮南能化の主といます
弘経利物限りなく　自利の善根隙もなし
定慧の月日を目にうかめ　忍辱慚愧を衣とし
空理の床の上にして　講会の莚を展べ給ふ
其の功一部を数十度　甚深奥義を皆つくし
多の章疏を相並べ　律蔵説ことたへなりき
優婆きくたの古の　説法教化にことならず
終南山の道宣の　徳行思に相ひをなじ
或は清涼山にして　無遮の大会を勤修し
或は処々に遊行して　仏法僧をぞ供養しき
多の精舎を造立し　無数の仏像安置せり
諸経書こと三箇度　各々一万二千巻
得度の沙弥は四万余　貴賤ひとしく誘へき
中にも三十五人は　智行ことにすぐれたり
唐家に送れる星霜は　生年わづかに六十余

前後に度する人々は　本朝他土に量りなし
此等の間の化用は　心も詞もおよばれず
或は説法利生し　或は神変現ぜしに
道俗首を傾けて　涙をながして頂礼す
男女驚きあやしみて　よろこび敬ひたてまつる
或は大明寺にして　経論講ぜし砌りには
石の塔婆のあいだより　光をいだし給へりき
或は衆会の前にして　邪見降伏せし時は
三目六臂の身を現じ　般若仙とぞなのりにき
かくのごときの行相は　深位の大士の所作なりき
在世滅後を相見るに　仏に殆ど近かりき
凡そ震旦国の内　四百余州ことごとく
道岸律師の後ちよりは　和上ひとりを大師とす
源漢土に託生し　月氏の古風を扇げども
内には日域辺州に　法雨をそゝぐ心ろあり
其時此土の栄叡師　普照比丘と諸共に
戒珠を求と彼の国に　滄波を凌で尋ゆく

宿善相引揚州の
慈悲の御顔を礼拝し
我が州教法伝りて
開演する人まれなれば
伝戒大師願くば
法燈ふたたび輝かし
和上すなわち喜びて
誰の人か此中に
門徒は其数多けれど
詳彦これを悲んで
此より後にぞ神頃等
本朝永く相わかれ
其ほど経暦十二年
栄叡道にて遷化して
海道陸地をゆき帰り
是等の間の苦患は
中路に退する輩は

大和上の室にいり
きたれる意をのべ云く
近ごろわづかに崇むれど
義理の道には猶闇し
竊に彼土に行給ひ
群迷導き玉ふべし
弟子に告て宣はく
我に随ひ行べきと
ひとりも出立ことぞなし
進で仰に随ひき
二十余人同意して
万里の海路に趣し
退流すること五箇度なり
詳彦終りを告しまで
まれなる事ども多かりき
詞を以てはのべがたし
道俗其数二百余

此外三十六人は
第六度になりし年
大和上を請し得て
即ち都に入給ひ
聖武天皇令詔し
梵僧共に相ひ迎へ
興法利生今日よりぞ
其時遍照如来の
始て戒壇たて給ひ
天皇太子歓喜して
五百余人其庭に
後には西にうつし立て
それより国家の勤にて
其後伽藍立給ひ
戒律ひろむる庭として
此等の利益を成し畢て
化縁すでにつきしかば

永くわかれを告終へて
宿因相ひき此国に
普照一人ぞ来れりし
遣唐大使奏せしに
皇子百官随喜して
礼拝讃嘆して云く
満足しぬると喜びし
大宝殿の前にして
得度の縁をなしをくに
菩薩戒を受け給ふ
競で登壇受戒す
戒壇院となづけたり
ゆくすへ遙に定めをく
唐招提寺と名けたり
十方僧の依所となる
春秋七十六の年
端坐遷化し給ひき

其より此かた我が国に
栴檀林の中にいり
月氏の教法求むとて
往還十七箇年に
日本生界利せんとて
十二年のほどをへて
如是の賢聖の
我等が為に苦を受し
心あらん人はみな
遺法わづかに在すとき
生死の海は底ふかし
浮嚢構て今生に
大和上はこの旨を
漫々たりし巨海の
若し人大師の恩徳を
性重機嫌の一つをも
帰命頂礼伝戒の

男女老少ひたた来て
木叉をよづる者多し
大慈恩寺の三蔵の
受し苦みかずしらず
龍興寺の大和上
障難思ふに相同じ
山川はるかに尋ゆき
争か此恩報謝せん
此等の因縁思ひ出で
いそいで勤め習べし
浄土の彼の岸はるかなり
はげみて早く渡るべし
よろづの人にしらせんと
滄波を渡り給ひしぞ
須臾も報ずる心あれ
刹那の間も持つべし
唐招提の大和上

安養浄土に到るまで　守りはごくみ給ふべし
願共諸衆生　往生安楽国
見仏聞正法　同入不二門
南無過海大師　南無過海大師
南無過海大師　（大覚寺刊本）

「律宗文献目録」（徳田明本編）によれば、
鑑真大和上和讃　一巻　小　桃山写　戒学院

とある。以下、唐招提寺遠藤証円氏の御示教を感謝しつつ記すことにする。天保十年書写の能満院静曜本「鑑真大和尚講式」には、「鑑真大和尚和讃」が附されており、本文は、「過海大師和讃」とほぼ等しい。本和讃は、現在でも、毎月六日の開山忌にあたり、御影堂和上尊像前で長老が前記講式をよみあげたのち、衆僧によって唱えられており、和上讃嘆のひびきを伝えている。

本和讃の作者は、唐招提寺の伝承では、凝然大徳としている。『伝律図源解集』には、「過海菩薩式　一巻」とあり作者を凝然としている。この式が前記「講式」をさすことはほぼ間違いないが、和讃がついていたかどうかは不明である。凝然は、師宗性とともに東大寺系華厳教学の中興者でありかつ総括者とされ、その学問は広く深く『八宗綱要』『三国仏法伝通縁起』『浄土源流章』『声明源流記』などとくに知られ、すべて著書一二七部一二〇〇巻に及んだのであった。命ぜられて東大寺戒壇院に住んだ。本和讃の作者を凝然とする実証はないが、中世における戒律復興運動のなかに生成された作品であることは間違いあるまい。とくに、実範・覚盛らによる律の復興の波の中に育まれた点は否定できない。

この講式ならびに和讃は、主として淡海三船の手に成った『唐大和上東征伝』によっているように思われるが、和讃のすべてがそうではない。鑑真の伝記資料としては、『東征伝』の原資料となった思託の『広伝』(現在、諸書に散見するのみ)と『延暦僧録』(『日本高僧伝要文抄』『東大寺要録』に部分的に見られる)があげられるが、必ずしも一致しない。しかし、永仁六年(一二九八)『東征絵伝』六巻の成立は、講式ならびに和讃の生成と無縁ではなかったと考えられる。

本和讃の作者・成立時を明らかにするのは困難ではあるが、確実に中世にさかのぼり得ることは間違いあるまい。(昭和二十八年正月、尼崎大覚寺の岡本静元師により小型折本として刊行された。)

四 「大唐三蔵和讃」

中世には、六道語りが多く行なわれた。『平家物語』灌頂巻の「六道」は、女院が生きながらの六道体験を語るというスタイルの唱導的性格の強い句であるが、そこで、異国の玄奘三蔵が悟りの前に六道を見たと記している。玄奘は、唐の貞観三年(六二九)八月に長安を出発、天山南路をへて現在のアフガニスタンに入り、バクトラ(現バルク)、バーミアンを通って、ヒンドゥークシュ山脈を越えてインドに至り、仏跡を巡拝、ナーランダー寺院に五年間滞在して仏教原典を学び、南インド、西北インドをへて、ガンダーラ、ガズニーから再びヒンドゥークシュを越え、パミール高原をへて、コータン、ニヤ、ロプノール（楼蘭）から貞観十九年（六四五）長安に帰った。その旅は、さまざまな生死の苦しみ、飢餓の苦しみのみならず、異民族の中での危険・迫害、自然の畏怖に直面したが、サンスクリット原本六百五十七部を持ち帰り、大慈恩寺における新訳事業にすばらしい功績を残したことが、「悟りの前に六道を見た」ということであろう。『平家物語』のこの部分は、日蔵上人の事跡と相まって女院六道語りのしめくくりの部分である。すでに玄奘は『今昔物語集』以下の説話集に語られること多いが、『梁塵秘抄』にも、

釈迦の御法は天竺に　玄奘三蔵弘むとも　深沙大王渡さずは　この世に仏法なからまし

（二七七）

と見える。

すでに三で述べた「過海大師和讃」の形成過程で記した戒律復興運動の中にその名をとどめる叡尊は、西大寺を中心に活発な伝道と社会実践に生涯を捧げた。『律宗文献目録』には、叡尊編の『西大寺三時勤行法則』（一巻　写西大寺）を記すが、同名の平等心王院旧蔵、明忍（一五七六〜一六一〇）所持本によってみると、年中行事として、二月五日の唐三蔵御忌に和讃が諷誦されたことを記している。これは、明らかに、玄奘三蔵を讃嘆する和讃であるが本文を明らかにしない。すでに「大唐大慈恩寺大師画讃」（唐　江満昌文撰『続蔵経』史伝部）が知られるが、わが国では、原本法隆寺蔵とする「大唐三蔵和讃」（龍谷大学図書館に影写本がある）が唯一のものであるものの、断簡であり、成立年時、作者を全く明らかにしないのが惜しまれる。本文は『大慈恩寺三蔵法師

伝』によったものであろうが、これが、西大寺に依用された和讃の一部であるかどうかは確定しがたい。

　中世における鑑真と玄奘の再発見は、和讃という古き皮袋に新しき酒をもったのである。

大唐三蔵和讃

安置供養ヲハリ《(終)》テソ　瑜伽ノ伝授ハハシ《(始)》マリシ
キク《(聴)》コトミタヒ《(三　度)》ニナリシカハ　〳〵写瓶ニコト《(異)》ナラス
ソノウヘ数部ノ講授アリ　五年ニコソハヲハリ《(終)》ケレ
サテナヲ《(猶)》アマタ《(数　多)》ノ師ヲタツネ　〳〵地霊像巡礼ス
孤山ノ像ニハミツ《(三)》ノ願　杖林山ニハヨル《(夜)》ノユメ《(夢)》
来去現当ミナ〻カラ　冥ノ加被ニソコタヘケル
マコトニシリ《(知)》ヌワカ〳〵　サル《(去)》モキタル《(来)》モ聖ノツケ《(告)》
〳〵トコロモシアヤマラハ　カ〻ルシルシハナカラマシ
ツヨワカシコニマセシトキ　破邪立正シケカリキ
ヲホクノ異学ニ対揚シ　アマタ《(数　多)》ノ論ヲソ製シケル
師子光師ニハ会宗論　拘摩羅王ニハ三身論
般若毱多ヲクタキテハ　制悪見論ヲソツクル《(作)》
戒日王ハコノ論ヲ　五天ニアマネク《(普)》ヒロメムト

十八日ノ会ヲナシテ
大衆帰伏ノアマリニヤ
大乗天トモ申シケリ
ソノヽチ《(其後)》大王ナヲ《(猶)》トヽメ《(止)》
七十五日ノ会スキ《(過)》テソ
諸王ナコリ《(名残)》ヲヽシミ《(惜)》カネ
貞観十九ノ正月ニ
エ《(得)》タルトコロ《(処)》ノ聖教ハ
コノホカ《(此外)》仏舎利百五十
大《(太)》宗皇帝ヨロコヒ《(喜)》テ
翻訳ヲハリ《(終)》テ九州ニ
皇帝ミツカラ序ヲツクリ《(作)》
四方ノ道俗コト〱ク《(悉)》
ヒヽ《(日々)》ニフタヽヒ《(二度)》新訳ノ
諸国ノ聴学イチオナシ《(市を成?)》
造仏写経カス《(数)》ヲホク《(多)》
心水ツネ《(常)》ニスミ《(澄)》トホリ《(透)》

恒沙ノ異見ヲ対治シキ
ノノ〱《(各々カ)》尊号ヲソタチシ
解脱天トモナツケ《(名付)》ヽリ
五年ニヒトタヒ《(一度)》ヲコナヒ《(行)》シ
帰路ヲハユルシ《(許)》タテマツル《(奉)》
ナミタ《(涙)》ヲナカシ《(流)》テアヒヲクリ《(相送)》
長安城ニツキ《(著)》給フ
六百五十七部ナリ
仏像七体ラヲハシマス
翻経ノ宣ヲソクタ《(下)》ス
九本ヲウツシテヒロメラル
経ノハシメ《(始)》ニヲキ《(置)》シヨリ
コヱ《(声)》ヲツラネ《(列)》テウタヒケリ
諸経論ヲ講セシニ
次疑請義ヒマソナキ《(無)》
礼懺授戒シケ《(繁)》ヽレト
蘭岩ノヒシリ《(聖)》モタウトミ《(尊)》キ

カクテ麟徳元年ノ
宝積経ノ訳ヲヤメ《(止)》
ソレヨリシハ〳〵《(屢)》アヒシメシ《(相示)》
十三日ヨリ方ニフシ《(臥)》
サマ〳〵メテタクアリカタキ
自他ノ所見アキラカ《(明)》ニ
二月四日イタリ《(到)》テ
ナヲ〳〵《(猶々)》カサネ《(重)》テマノアタリ
タケ《(丈)》丈余ナルヒト《(人)》フタリ《(二人)》
法師ノミマヘ《(御前)》ニイタリ《(至)》タチ《(立)》
無量劫ヨリコノカタ《(此方)》ノ
コノ小病ニミナ《(皆)》キエ《(消)》ヌ
法師ミヲハリ《(見終)》手ヲアハセ《(合)》
スナハチ《(即)》ミツカラ《(自)》廻転シ
ミアシ《(御足)》ヲカサネ《(重)》ミキ《(右)》ノテ《(手)》ニ
ヒタリ《(左)》ノテ《(手)》ヲハナヲク《(直)》ノヘ《(伸)》
サテナヲ《(猶)》五日ノヨ《(夜)》ニイリ《(入)》テ

正月一日ニイタリ《(到)》シニ
イマ《(今)》ハカキリ《(限)》ノツケ《(告)》アリキ
教授教誡ウチツヽキ《(打続)》
十六日ヨリ奇瑞アリ
神異霊相ヒマモナク
ユメウツヽ《(夢現)》モシケ《(繁)》カリキ
看病ノヒト《(人)》明蔵師
寂後ノ感応ヲソミ《(見)》ケル
大白蓮華ヲ手ニサヽケ《(捧)》
クチ《(口)》ニトナヘ《(唱)》テイフ《(言)》ナラク
悩乱衆生ノツミトカ《(罪咎)》ハ
ヨロコヒ《(喜)》タマヘ《(給)》トツクル《(告)》トキ《(時)》
ヤヽ《(稍)》ヒサシク《(久)》アリテノチ《(後)》
ミキ《(右)》ヲシタ《(下)》ニテソシ《(臥カ)》給
カウヘ《(頭)》ヲサヽヘ《(支)》タマヒ《(給)》ツヽ
モヽ《(股)》ノウヘ《(上)》ニソ安シケレ
弟子大乗光師等

≪　≫

慈氏ノミマヘ《御前》ノ誕生ハ
決定シテワレ《我》ウマル《生》ヘシ
タエ《絶》タマ《給》ヒケムヲハリ《終》ヲハ
コノ《此》ホカ《外》甚深微妙ノ
イヤシク《賤》ミシカキ《短》コトハ《詞》ニテ
ソモ〳〵ワレラ《我》ツタナク《拙》モ
所製ノ論モナ《名》ノミキク《聞》
ムカシ《昔》ヲトムルニアト《跡》モナシ
イツレ《何》ヨ《世》ニカウマレ《生》アヒ《合》
イタマシキカナワレラ《我等》ユヘ
ワタシ《渡》タマ《給》ヘル真教ヲ
タヽ《唯》ネカハク《願》ハワカ《我》大師
本論瑜伽ヲ読誦シ
タヽ《唯》ネカハク《願》ハワカ《我》大師
三聚浄戒イサキヨク
タヽ《唯》ネカハク《願》ハ生々ニ

決定セリヤト請問ス
トハカリアリテイキ《息》タエ《絶》ヌ
侍従ノ人モシ《知》ラサリキ
勝事ハヲホク《多》キコ《聞》ユレト
讃シツクス《尽》ニヨシ《由》ソナ《無》キ
カヽルウキヨ《憂世》ニウマレ《生》キテ《来》
慈悲ノミカホ《御顔》モヘタヽ《隔》レリ
イクモヽトセ《幾百歳》ノユメ《夢》ナラム
マコト《真》ノミノリ《御法》ヲ聴受セハ
ヒトリ《独》ヲホク《多》ノ苦ヲウケ《受》テ
イサミテ修学セサルコト
命ヲステ《捨》ヽエタマ《得給》ヘル
ハケ《励》ミツトメ《勤》テ修習セム
戒賢菩薩ニウケ《受》給
マモリ《守》ヒロ《広》メテ利生セム
値遇頂戴ヲコタ《怠》ラス

常随給仕カケノコト　教誡教授ニアツカラム(預)
タヽ(唯)ネカハク(願)ハ一一ニ　コレラ(此等)ノ大事成就シテ
无上ノ覚位アヤマ(誤)ラス　ナカク(長)有情ヲ済度セム
願以此功徳　普及於一切
我等与衆生　皆共成仏道　（『続日本歌謡集成』巻一）

五　釈尊讃歌のひびき

中世における釈尊信仰は、顕密諸宗の復興のなかに新たな展開を見せた。

東大寺奝然によってもたらされた三国伝来の栴檀釈迦像がさかんに模刻され、西大寺、唐招提寺、武蔵金沢の称名寺、鎌倉の極楽寺、槇尾の西明寺（平等心王院）など、律の道場におかれた。『徒然草』にも、千本の釈迦念仏、千本釈迦堂における二月十五日の涅槃会について記しているのは、当時の釈迦信仰の姿である。また、明恵のひたすらな釈尊思慕は「舎利講式」「如来遺跡講式」「十六羅漢講式」「涅槃講式」の『四座講式』、「仏生会講式」の製作となった。前記、『西大寺三時勤行法則』には、毎月十日の舎利講に和讃を用いたことを記している。この和讃の内容は明らかでないが恐らくは、『四座講法則』所載の「舎利和讃」（「円寂塔和讃」）であろう。

明恵は、深く釈尊を思慕し、栂尾高山寺で二月十五日の常楽会に用いる『四座講式』を作製した。建仁三年（一二〇五）正月のことである。涅槃講・羅漢講・遺跡講・舎利講の四座講に、それぞれ用いる涅槃講式・十六羅漢講式・如来遺跡講式・舎利講式をいう。釈尊入滅のありさまを述べ、遺跡と舎利との功徳を讃嘆し、遺弟羅漢のすぐれた神力利益を講じた式文で、文章巧妙、心からなる釈尊思慕の至情があらわれている。これを法儀用声明集の形にしたのが『四座講法則』で、編者不詳であるが、散文の部分を削除し、梵音・錫杖・念仏などを加え、鎌倉末期に成立したと考えられる。

舎利講式和讃

娑羅《さら》林中円寂塔　三世の諸仏悉く
非滅なれども滅ありと　元現し給ふ処なり
拘尸那《くしな》城には西北方　抜提《ばつだい》河には西のきし
娑羅双樹の間にて　純陀が供養を受たまふ
菩薩賢聖《げんじやう》天人衆《じゆ》　十方界より飛び来り
供養海雲みちみちて　十二由旬隙もなし
世間本より常なくて　是をぞ生死《しやうじ》の法といふ
生をも滅をも滅しをへ　寂滅なるをぞ楽とする
一切衆生ことごとく　常住仏性《じやうぢうぶつしやう》備はれり
仏は常に世にゐます　実には変易《へんにやく》ましまさず
二月十五の朝《あした》より　是等の妙法説きをへて

漸く中夜に至る程　頭《かうべ》を北にて伏し給ふ
娑婆の一化《け》は此時に　永く隔たり給ひにき
栴檀煙尽をへて　舎利を分ちて去りにき
慧日《ゑにち》已に暮をへて　生死の長夜《ぢやうや》は暗ふかし
いかなる便を得てしかば　輪廻の里を離るべき
如来証涅槃《によらいしようねはん》　永断於生死《やうだんおしやうじ》
若有至心聴《にやくうししんちやう》　常住無量楽《じやうぢうむりやうらく》　（『四座講法則』）

釈迦信仰のあるところ釈尊讃歌の声が巷にみちみちて、ひたすらな求道心をたたえる魂のよび声となる。時衆の本作和讃をみると、「釈迦讃」「八相讃」「涅槃讃」など多くの釈尊讃歌が収められていることも忘れてはならない。『四座講法則』の「涅槃和讃」は、時宗の「涅槃讃」から派生し、「羅漢和讃」は「十六羅漢講式」を母胎とし、「羅漢和讃」「涅槃講式」と密接な関係がある「遺跡和讃」など、中世における釈迦信仰を背景として鎌倉末期に成立したものであって、作者を明らかにしないがいずれも格調高く力うちにみなぎる秀作である。

涅　槃　讃

中乙
常住寿命ヲキキシカド　却後ミツキニオドロキヌ
佳閣堂ノ転法輪　ナミダヲモヨホスモトヒナリ
イツシカ双樹林ノモト　純陀長者ガ施ヲウケテ

中乙
最後ノ法門トキシニゾ　闍王ハ無根ノ信ヲエシ
最後ノ度者ノ須跋陀羅　如来ノ涅槃ヲカナシビテ
世尊ヲトドメサキダチテ　ミヅカラススミ滅度シキ
阿難尊者ハ迷悶シ　已滅不滅モシラザリキ
阿泥盧頭《アヌルツ》ニススメラレ　ナミダヲヌグヒテ請問ス
如来滅度ノノチニハ　タレヲカ師トハタノムベキ
諸経ノハジメノコトバニハ　ナニトカコレヲトナフベキ
ホトケ阿難ニノタマハク　波羅提木叉《ハラダイモクシャ》ヲ師トスベシ
諸経ノハジメノコトバヲバ　如是我聞ト安ズベシ
滅後ノ遺誡ネムゴロニ　一日一夜ニトキハテヌ
僧伽梨衣《ソウギャリエ》ヲヒキオホヒ　マクラヲキタニゾフシタマフ
二重中初
四双ノウヱキカレハテテ　エダヲナラベテタレオホフ
跋提《バツダイ》河ニハミヅムセビ　耆闍崛山《ギシャクツセン》ニハクサカレヌ
中
頻婆羅崛《ビンバラクツ》ノアケボノニ　クサキノカレシヲアヤシミテ
迦葉《カセフ》尊者ハ座ヲタチテ　ハルカニ仏所ニオモムキヌ
曼陀羅華ヲモツ人ノ　ミチニアヘルニタヅヌレバ
シラズヤホトケノ入滅ニ　諸天ノチラスルハナナリキ　下平

迦葉尊者ハコレヲキキ　ナミダニムセビ地ニフシヌ
ヤウヤクタチテユクホドニ　六群比丘ニマタアヒヌ
迦葉イヨイヨカナシビテ　仏所ニイタリテ礼スレバ
紫金《シコン》ノスガタハメニミエズ　悲泣ノコヱゾミミニアル
金棺バカリヲメグリツツ　最後ノ相好ノゾミシニ
千輻輪ノ印文《インモン》ヲ　イダシテ迦葉ニミセシメキ
三重中二
如来無上ノ大慈悲　ココロモコトバモオヨバレズ
イヘバナミダヲモヨホシテ　恋慕ノココロゾマサリケル
釈尊カクレマシマシテ　二千余年マデニナル
正法ヒビニ沈淪シ　賢聖《ゲンジヤウ》ナガクヘダヽリヌ
十悪サカリニ流行《ルギヤウ》シテ　功徳ノハヤシモカレハテヌ
自界他方ノ諸聖衆《シヤウジユ》　イカナルクモニカクレニシ
如来化導コトヲヘテ　沙羅林樹ニカクレシニ
衆生ノ明眼《ミヤウゲン》キエハテテ　長夜《ヂヤウヤ》ノヤミゾイトフカキ
如来在世ノソノカミハ　人天大会《ニンデンダイヱ》コトゴトク
生死ノ牢獄ステハテテ　解脱ノミヤニゾアソビケル
ワレラソノトキシラザリキ　イカナル悪趣ニシヅミテカ

広大慈悲ノ利益ニモ　モレテハヒトリトドマレル
オモヘバ須秘梵士ガ　昏迷悶絶ヤスカラズ
ホトケノ滅度ニサキダチテ　スナハチ涅槃ニイリニシモ
最後ノ化導ニアヅカリテ　第四応果ニサダマリヌ
カレナホ悲涕啼泣ス　ワレラナニヲカタノムベキ
僧伽梨衣ヲヌギサケテ　紫磨ノ相好ミセシヨリ
三千界ノ地ノウヘニ　八十種好カクレニキ
ワレラハ生死ノ凡夫ナリ　一句一偈ノ縁アレド
解脱ノミチニチカラナク　カヘリテ三途ニイリヌベシ
阿難ノ七夢アラハレテ　生死ノ苦相顕現ス
コヒネガハクハ無上尊　ワレラヲスツルコトナカレ
冥ヨリ冥ニイリヌレバ　仏法僧ニアヒガタシ
釈尊大利ヲホドコシテ　コノタビカナラズヌキタマヘ

四重中三

鶴林中夜ノハルノハナ　二千余年ノカスミワケ
龍《リウ》華《ゲ》下生《ゲシヤウ》ノアキノツキ　五十六億《億劫異》クモヘダツ

中

鷲峰ノノリニモハヤクモレ　龍華ノアカツキハルカナリ
コノ中間ニ生ヲウケ　ナガク出離ノ縁ゾナキ

恋慕ノオモヒタグヒナク　狐露《恐孤乎》ノウレヒサリガタシ
常在霊鷲《リヤウジュ》トトキオケド　相好色身ナドヤミヌ　（『日本歌謡集成』巻四）

最後に、嵯峨清涼寺釈迦堂に伝持される一六六句におよぶ栴檀釈迦像讃歌を紹介しておきたい。「栴檀瑞像和讃」とする本和讃は、「嵯峨釈迦如来和讃」として『仏教和讃五百題』にも収載されている。作者ならびに成立を明らかにし得ないが、今見られる本文は、刊本によるほかはない。識語に、「栴檀瑞像和讃」が完成したので五台山主がこれを印行し、あまねく有縁にほどこして讃詠させたいとした旨を南越森厳山鏡誉が記している。五台山はいうまでもなく清涼寺のことであり、森厳山は、福井市足羽の運正寺である。

栴檀瑞像和讃

大恩教主釈迦如来　因円果満の妙体は　法身去来なけれども
兜卒天に在しては　護明菩薩と名を呼れ　迦毘羅衛城に降臨し
浄飯王宮摩耶の胎　悉達太子と示現なし　月日もみちて漸くに
嵐毘尼園の花のもと　従右脇生やすらかに　二龍の温冷身に注ぐ
巍々たる童形堆高く　現行七歩のうぶ声も　天上天下に満々て
卯月の空に香ひけり　生知は自然と世業も　学なけれどよく達す
父王の厳命后妃をば　納給どもよにそまず　四門の遊観老病死
見ては殊更驚ろかれ　無常の世界の明暮に　いとゞ発心切なりき

よひは十九の明の空　時きさらぎの華霞　車匿を供して馬に乗
密に王城をいで給ふ　自ら鬢髪そり給ひ　王宮城への御かたみ
犍陟車匿がなく声も　檀独山にぞ響きける　阿羅々迦羅々の仙人を
師匠と仰それのみか　雪の深山に分のぼり　難行苦行ぞなし玉ふ
十年せ余りの山住に　漸く修行の満しかば　尼連禅河に沐浴し
乳糜の供養を受給ふ　されば三十の臘八に　摩迦陀国なる菩提樹下
金剛石に独坐して　始て正覚得給へり　時に天魔競ひ来て
刀剣射術を尽せども　敵対するに堪ずして　皆ことごとく退散す
自証も既に満しかば　他化の法輪五十年　八万四千の教門ぞ
応病与薬と聞へたる　抑大小漸頓と　道はちすぢに異ども
昇れば同じ雲井なる　一つの月を詠むなる　然れば三乗開会には
常在霊山なるべしと　説る御法に大衆達　仏乗了義に帰入せり
但し末世の下機の為　観経附属慇懃に　大悲の本意を顕して
念仏門をぞ説給ふ　釈迦の発遣仰ぎつゝ　弥陀の大悲に打縋り
極楽浄土に生れなん　思へば嬉しき我等哉　爰に釈迦大悲尊
御年三十七とかや　卯月十五の暁天に　忉悧の霞をわけ給ふ
天上快楽も猶夢と　思ふに余る悲母の恩　報恩経の孝説に

一夏九旬を経とかや　其時四部の御弟子達　歎もさぞと思ほゆる
中にも抜嗟国優塡王　渇仰恋慕の余りあり　造像深志ぞ起りける
時に天の毘須羯磨　王の意願を果さんと　仏工と身をば変化して
抜嗟城中に来現し　如来の姿を其まゝに　少もたがはず摸けり
一夏も時に済ぬれば　仏下界にかへらんと　天衆に別れを告給ひ
自在天子の供養せる　金の階をあゆませて　僧伽尸国に降ります
新にきざめる瑞像も　大衆と共に迎にぞ　歩み出させ玉ひける
滅後衆生の利益をば　此瑞像に附属して　終に涅槃に入給ふ
後年月をかぞふれば　一千三百七箇年　霊像竺土のおん化益
在世に更に異ならず　時に弗舎密多王　仏の法をいみきらひ
堂塔並に霊像を　焼とせしこそ悲けれ　されば梵士鳩摩羅琰
此法難をなげきつゝ　忽ち出家とんぜいし　霊像護持して国を出
天竺震旦そのさかひ　おとに聞ゆる葱嶺の　艱苦も更に厭ひなく
亀茲国にしも将来す　星の光のあやしとの　符堅の占かた誤たず
呂光の強者是を得て　震旦にこそ迎へける　龍光長楽滋福殿
長先永安聖禅院　凡六百年のうち　所々の化益ぞ著るき
智脱法師は堂をたて　恵練法師は臂をやき　供養せしこそ諸なれや

梁武は弥々信を増　寔まれなる像ぞかし　我朝円融院の御宇
奈良の都の奝然師　宿願交々聞𛀁あげ　かの唐土へ渡りけり
彼土の帝も奝然の　深き心をあはれみて　瑞像拝礼ゆるされぬ
奝然つく〲瞻仰し　如何も瑞像摸しみて　我国人に拝ませば
利益上なき事ならん　つひに宣旨を蒙りて　新に御像を摸作せり
然に夢想の告ありて　新仏古仏おのづから　入代こそふしぎなれ
奝然歓喜に堪やらず　永観四年戌のとし　七月九日豊後にぞ
障もなくて着にける　かくて彼土の逗留も　四年計と聞𛀁けり
宋の帝もたふとみて　弘済大師と賜りぬ　明る永延元年の
弥生半ば入洛あり　大極殿に安置して　三年の供養をなし玉
嵯峨野の露に有明の　如来の月のおも影は　猶八百歳に余れども
朽ぬ化益ぞ有がたき　帝も叡信世に厚く　公卿も武家も諸人も
歩をはこぶ法の庭　逢事難き霊像に　二世の契を結ぶこそ
人と生し甲斐ならむ　南無釈迦大悲尊　南無三世大導師
南無栴檀香仏陀　（清涼寺刊本）

本和讃の成立について、嵯峨阿弥陀寺住職長沢普天師の示教では、おそらくは元禄の出開帳のおりに印施されたものかとする。巻末には、明らかに「嵯峨　清涼寺印施」の文字がある。とすれば、近世成立の和讃であるが、釈尊恩慕は仏教の源であり、常に汲んで汲みつくせぬ泉である。因みに、この栴檀瑞像は、北宋時代の雍凞二年（九八五）張延皎・張延襲作とされる木造彩色、像高一六〇センチの釈迦像であり、中インドのマトゥラー、グプタ期の様式をたもちながらもひろけき中国的神秘感をたたえている。

和讃は、その形式の創造から真に内容をとらえ得て中世的展開を示したが、近世に至ってさまざまの開板が行なわれて流布し、庶民信仰のなかに定着していった。和讃は『平家物語』・宴曲・謡曲にも多くの影響を及ぼしたことはいうまでもないが、ある意味でいえば、『平家物語』も仏教讃歌、ないし浄土讃歌と見ることもできよう。

ひたむきに仏を恋うる心は、おのずから信仰のメロディーをかなでて今に伝えるのである。

五　芸能としての和讃

もっぱら法会の歌謡として用いられる、たとえば、親鸞作の『三帖和讃』のようなものには芸能性は認められない。

まったくストイックな敬虔主義的な浄土讃歌として宗教的純粋性を有するからである。したがって、和讃の諷誦に伴奏楽器を使用することもない。あるものは、聖なる単音の浄土の歌声のみである。

これに対し、時衆の和讃は、より芸能性を有するといえる。豊かな音楽性のみならず、歌詞そのものにも移動性が強く、また、一遍以来遊行に伴うその行儀からも、きわめて即興的要素をもち、踊念仏と密着していたことがうかがえる。『三帖和讃』が堂内で、道場で諷誦された静的性格をもっていたのに対し、こちらは自然のなかに育まれた動的性格を有する。

以上のように、和讃そのもののもつ芸能的要素という点もあるが、さらに、和讃の芸能化、ないし和讃が芸能的世界に摂取されていった過程ないし結果も重要である。

以下、それらの点について述べてみたい。

一　法会の芸能性

法会自身は、厳粛たる宗教的行為そのものであるが、すでに古く東大寺の大仏開眼供養・修二会などに見られるように、きわめて豊かな芸能性を有するものであったし、平安朝に入って貴族社会における法会仏事の盛行は、『栄花物語』「音楽」の巻に見られるように、一大宗教的ページェントを展開した。『平家物語』に見える「灯籠の沙汰」なども、また同じ世界である。

これは、もともと、仏会供養における讃嘆は、即興性を重要視するからであり、台密の大成者安然の①「胎蔵界大法対受記」巻第二「第八十五悲曼荼羅讃王印」、②「金剛界大法対受記」第六巻「随分供養第八十二」、③「撰定事業灌頂具足支分」第九「引入弟子灌頂分一」などに述べられているが、諸大菩薩、本尊に従って、意に随い経に従った讃嘆が要求されていたことがわかる（以上『大正新脩大蔵経』第七十五巻「続諸宗部」六所収）。

仏会それ自身は芸能ではないが、また〝声明〟たる仏教音楽を中心とした荘厳なドラマとも見られる。仏菩薩・諸大曼荼羅を本尊として仏前荘厳ひときわはなやかに、御あかしにゆらぐ堂内は金色光にかがやき、視覚的・聴覚的イメージは、仏国土さながらの幻想的世界を現出する。

出仕する一座の導師・職衆の所作は作法にのっとって重々しく、色と音の世界はあざやかな外儀となって展開し、人々を信仰の世界にいざなうのである。一箇の法要・二箇の法要・四箇の法要とともに歌謡讃嘆に終始するのである。

ひたむきな仏徳讃歎は、法会を深い芸術的次元にまで高め、そこに聖なる場を現出せしめた。梵讃・漢讃のみにおわることなく、法会における和讃の使用は、わが国における仏会の質的転換を意味する。これは、教化・訓伽陀の生成ともかかわりあう仏教歌謡史上注目すべき事象であろう。

二　芸能における和讃の摂取

和讃は、とくに真宗教団・時衆教団のなかに、法会の歌謡としてもっとも中心的な地位を獲得するにいたり、巨大な和讃の季節をむかえることになった。そして、顕密諸宗の法会においても、しだいに和讃を摂取するに至るのである。

諸芸能における和讃の摂取を下降現象と見るか、はたまた、和讃の必然的展開として再生の生命力と捉えるかは評価の分かれる点である。

誓林流の歌詞のテキストである「六斎念仏讃」には、遊行七祖上人作の「荘厳讃」、本作の「極楽讃」「光明讃」が用いられているほか、宝暦十二年（一七六二）写の勝田の「念仏讃」の歌詞には、おびただしい時衆の新作の本作の和讃が摂取されており、両者には、伝承過程で訛伝された部分も多く認められる。

六斎念仏讃

○十方三世ノ諸仏ノ　　功徳ノイタリヲタツヌレハ
タヽコノ弥陀ノ名号ノ　　六字ノ中ニヲサマリテ

○一念信心ソラハレテ
罪障業有ノ雲ハレテ
○イマコノ娑婆ノ花ノ春
観音極楽ノ法事ヲハ
○七重宝樹ニサケルハナ
トキハカハラヌイロナレハ
○摂取不捨ノ光明ハ
観音勢至ノ来迎ハ
目ニハタヘナル色ヲミル
カレコレカナラス報スヘシ
○釈迦ノ入日ハ西ヘイル
ソノヤノ長夜ノクラサヲハ
○ネカハクハコノ功徳ヲ
オナシク心ヲオコシツヽ
○シカルニ弥陀ノ浄土ハ
寿命モ無量ニナカケレハ
○

清冷諸業ノ月スメハ
弥陀来迎ノ風スヽシ
紅葉ノ秋ノコノモトニ
イラカナラヘテ報スヘシ
チレトモサラニツキセサル
春トモ秋トモイヒカタシ
念スルトコヲテラシタマフ
コヘヲタツネテムカヒ
耳ニハ解脱ノ声ヲキク

弥勒ノ朝日ハマタイテス
弥陀ノヒカリテ照シタマフ
アマネク衆生ニホトコシテ
安楽国ニ往生
快楽不退ノトコロニテ
タノシミツキスルコトモナシ

○七宝々樹ノコスヘヲミ
無為ノ大楽ニアランコト
○光明遍照十方世界
念スルトコロヲテラシタマフ
コヘヲタツネテムカヒタマフ
ムネノ蓮花モヒラクナリ
猛火ノホノヲモキヘヌヘシ
無量ノツミモ消滅シ
後生ハ浄土ニ生シ
生死ノネムリヲサマスナリ
シマンソンダニサキニヲヒ
平等利益ノヒカリナリ
三毒秘蔵ノ妙理ナリ
メクリテ三途ノ苦ヲウクル
シモハ奈落ノソコマテモ
黒闇地獄ヲテラシタマフ
ワレラヲスツルコトナカレ

九品ノ蓮台ニウチノリ
ナニノウタガヒカアラン
念仏衆生摂取不捨ノ光明ハ
観音勢至ノ来迎ハ
日々不退ノ称名ニ
踊躍歓喜ノナミタニハ
一念弥陀ノツトメニハ
現世ハ無為ノ楽ヲウケ
諸行無常ノカネノコヘ
是生滅法ノハルノハナ
生滅々已ノ秋ノ月
煩悩業垢モミナモトニ
三界クルマノ輪ノコトク
カミハ有頂ノ雲ノウヘ
光明アマネクヘンシテハ
サテネカハクハ弥陀如来
極重悪人無他方便

唯称弥陀得生極楽　　ヒトヘニ阿弥陀ヲ念スルナラハ
安楽国ニ往生スル　　融通念仏
誓林流六斎念仏讃　誓林上人ハ空也上人之弟子云云　（『続日本歌謡集成』巻一）

これは、ほんの一例であるが、各地にのこる念仏讃には、とくに「空也和讃」、時衆和讃を摂取したものが多く認められ、また芸能的和讃の色がこい。さらに、単に詠唱のみでなく念仏踊など所作を伴うものも多く、伴奏楽器を伴って、純粋な信仰の歌声から、芸能化しショウ化したものも少なくない。

とくに時衆和讃は、遊行派の行儀『浄業和讃』として固定化する以前は、きわめて流動的であり、時衆それぞれの派に和讃が伝承され伝授され、芸能と結びつく要素を内在していたのである。よく知られているように、『一遍聖絵』巻四には、

同国（信濃国）小田切の里　或武士の屋形にて　聖をどり始め給けるに　道俗おほくあつまりて結縁あまねかりければ　次第に相続して一期の行儀と成れり。（中略）然は行者の信心を踊躍の貌に示し　報仏の聴許を金磬の響にあらはして長眠の衆生を驚し群迷の結縁をすすむ。是以童子の竹馬をはする是をまなびて処々にをどり、寡婦の蕉衣をうつこれになずらって声々に唱。

とあり、空也の踊念仏を先蹤とする旨が記されている。この風は、のち広く僧俗に伝持され、堂内に移って和讃を伴うようになり、また、念仏踊に伴う念仏讃として広く伝播していったものと

考えられる。

空也の踊念仏と「空也和讃」との関係は明らかではないが、和讃が聖なる芸能となったのちの姿は明らかである。また、その故に、『絵縁起』第三にのる宴聡を始めとして、藤原有房の『野守鏡』、聖冏の『破邪顕正義』などに示されるような数々の批判を生むこととなった。

「空也和讃」の歌詞が時衆の本作和讃におびただしく摂取されているが、単に歌詞のみにとどまるものではなく、よりダイナミックな力として新しい生命を獲得していったものと見る方が正しい。恐らく、和讃形成の時点では、「空也和讃」のもつ躍動は、所作を伴って諷誦されていたと推定できるのであるが、のち、次第に行儀のなかに静かに固定化していったものであろう。だいたい、道場を野原・神前に擬する薄念仏・別時念仏会に見られるように、時衆の法式は聖なる芸能というべきものである。時宗における法会については『藤沢山日鑑』第一巻(藤沢市文書館編)収載の「年中行事」を参照されたい。

その他、時衆の和讃は、宴曲・謡曲などにも摂取され、その広範な受容の姿をうかがい知ることができる。

念仏讃の歌詞には、和讃を伴うものが多く、また、和讃の伝承下に成ったと見られる詞章も少なくない。最近調査したものでは、東京大田区矢口の延命寺(浄土宗)に伝承される双盤念仏の歌詞に「字あまり念仏」として唱えられているのは和讃であった。

また、延年舞その他の仏教芸能には、和讃ないし和讃の脱化したものが見られるし、教化・

訓伽陀の類で明らかに仏教歌謡と認められるものも存在しており注目される（たとえば「興福寺延年舞式」）。

三　和讃の諸相

今様に多くの和讃が摂取されている例は改めていうまでもない。現在指摘されている以外にも和讃の俗化したものは多いにちがいない。法文歌が即芸能性を有するともいえないが、歌い手と歌う場によっては芸能として捉えられる一面をも有する。たとえば白拍子芸などは、まさにその例にふさわしい。

ただ、和讃から法文歌が生まれたと図式的にいうが、その必然性は何かについては十分には解明されていない。必ずしも四句一章をもってしては完結し得ない思想の連続性があるわけで、何が補完的な性格をしていたのか、たとえば連作形式などはその意味で注目されよう。

和讃は、胎蔵界曼荼羅でいえば最外院（外金剛院）の神々の讃歌に向かって、しだいに大きなエネルギーをもって前進していった。迷妄な衆生とのかかわりのなかで大きな宗教的生命を得て民衆信仰の世界につながったのである。

さらに、習合系和讃の存在の意義も大きいものがあり、芸能との交渉も深かったようである。近世にいたると、和讃は、さまざまなジャンルを創造し、和讃の歌謡曲化現象をもたらし、芸能性をあわせもつこととなった。歌比丘尼・門説経などの宗教芸能面とも大きくかかわって民衆化していった。これを俗化現象とみるか、また、歌謡の本質に根ざす幅広い受容とみるかは論の分かれるところである。

岩手県胆沢町南都田に伝わる「音楽和讃」は、美しい聴覚的浄土讃歌であるが、これなども、寺院を離れて、民衆信仰の中に根づいた和讃といってよい。

また、前記宝暦十二年（一七六二）写、勝田村の「念仏讃」には、浄土系の「空也和讃」、時衆和讃が摂取されたにとどまらず、密教信仰も色こく、民衆信仰として結実した姿をとどめている。いま、冒頭の部分をかかげる。諷誦からくる訛伝に生命が宿っているように思われる。

念仏讃

初夜のふたひ附ケ

△西方極楽世界には　大じやうせこんのかひなれは
無業無道の所にて　永ク生死に離レたり
○然るにみたの浄土には　けらくふたひの所にて
寿命も無量にながけれは　楽ミつくる事もなし
なひおふ無人の国なれは　所に子細もなかりける
しやうしをまんよとする故に　たいゐんたひきやうさらになし
三十○八方浄土のむかうしやの　諸仏の国土の其中に
極楽世界の荘こんに　さひそん大日ならびなし

初夜のさん

△七ツのころにも成ぬれは　お日は西へと差向ひ
御願をおします入給ふ　其時常夜の闇となる
○みなこれ衆生はふし拝　月の入さの山の葉を
となたの空よと拝ては　おしへたまひよみた如来
二十 ○初夜の鐘たになりぬれは　三世の諸仏もやうかうし
宛どの法聞ときいては　夜中の此にそ成給ふ
○然るにかのどの往生は　けいまん心にまがえなき
耳にはみめうの法りの声　夜中の刻にそ成給ふ
み妙かふじふよにうこかせて　ふうきを種ゝのひゝき有
たとへ万よの音楽も　とうしゆになすがことく成
三十 ○月の御顔は谷川に　衆生さひとの為なれは
たすけたまへよみた如来

後夜のふたへ附ケ

△常夜のねむりはさめやらす　後光の鐘におどろきて
しづかに此世をくわんすれは　わづかのせつなの程もなく
○しんさうをなしくしやり行は　我身の無常をかへりみす

老しやう共に先達に　くしやうのあさにもをとろかす
二十 ○我等善客おねがわつは　ごじよくの浮世にたわむれて
みづからほのかに身を入て　もゑん事とは悲しけれ
三十 ○とうたひ善客の夕煙　きのふもたなひくけうもたつ
ふくふんちうろの今朝の露　をくれ先達ためしなり

後夜のさん

△暁後やに鐘なれは　三世の諸仏菩薩達
六字の名号唱ふれは　無所の花業消滅ス
○天に大悲の音楽し　地には諸仏のやうかうし
中に業雲たな引て　たゑまの来迎ありかたや
月日も御橋にやうかうし　玉のようらく持織て
観音勢至も淡佐に　三尊来迎なされける
二十 ○くわけんくわぼく菩薩達　袖をば風にひるかへし
白毫廻リ身を照し　まよの願にかゞやきて
○説法ふたんもすき行ば　般若のふねにさをさして
大悲の風をと待いたり　音楽生衆の菩薩達
三十 ○又更の眠りを覚して　みな声／＼に唱ては

風にまかせてちりたまふ

達磨讃

抑達磨の御代の時　五色に道場かさりては
今世後生のためにとて　常行三昧始たまふ
○二月十五夜此の時　橋とふたひを荘りては
万燈燈明かきたてゝ　六字の名号唱ひたまふ
○六種大願めされては　十念廻向をたもちては
達磨ニ御代を給りて　宝蔵ひくと納給ふ
二十 ○十二大願すくり出し　皆是薬師へ譲りては
四縦八願成就して　念仏三昧ひろめたまふ
○みねの古縦へたゝりて　浄土地獄へ指向ひ
あわれとみゆるは儀昌山　つらさの煙りは地をはゐる
○弥陀を念する□は　万よの月のことくにて
空ははれねど西へ行　なにはの浦もあしからし
三十 ○七百大願めされては　十万億人なおりたまふ
皆是諸仏は集りて　弥陀を拝みたまふなり　（『仏教歌謡集成』）

芸能に見る娯楽的要素を重視するならば、聖なる世界一筋につながる和讃よりは、民衆信仰のなかに生成し盛行した和讃により芸能性が濃いといった方がよいかも知れない。「和讃」を論ずる意味は、和讃をさらに広く仏教文化的事象として、考察すべきであるということにあろう。

第二章　親鸞における詩の創造

一　浄土讃歌のこころ

三五三首におよぶ『三帖和讃』（今、文明開板本の首数による）に、親鸞聖人の詩的創造力の豊かさ、力強い信の深さを見る。『三帖和讃』は一大浄土讃歌の集成として、中世思想、中世文学の世界に結集した心の花であり、他には、質量ともに匹敵する個人の讃歌を見ない。

しかも、この浄土の讃歌は、親鸞聖人の長い苦悩と煩悶の中に生まれ成長したものである。わたしたちは、文字に表現された心を見、聖人の和讃を生み出したものを考えなければならぬと思う。十余年に及ぶ長い間の和讃推敲の過程は、まさに人間形成の文学としての永遠の価値を有する。そして、現代に新しい生命を得、信仰讃歌として、日々、新たに人々の心の中に生きつづけている聖人の生命を感じるのである。

特に、蓮如の文明開板本によって、広く深く宗教的共同社会に受容され、中世社会を動かす源泉となった点を見逃すわけにはいかない。また、日本中世の生んだ仏教の文学としても高く評価し得るであろう。非文学性の文学性を指摘し得るし、思想のいとなみの文学的表現と見ることもできる。のみならず、平安中期につくり出された古和讃の浄土讃歌が長和讃であるのに対し、四句一章独立した短和讃としてそれぞれ独立性を保ちながら連続していくという手法は、非連続の連続性とも考えられる。もちろん、この形が『梁塵秘抄』法文歌の形式を受けていることは当然ではあるが、新しい詩型の創造を試みた点に、わが国の仏教歌謡史上、画期的な意味を持つものである。

人間は煩悩の中に生きる。いや煩悩の中にこそ人間真実の姿があるといえる。最末期に製作された「正像末和讃」は、このような親鸞の求心的な内面の告白であり、人間煩悩の深さから発した魂のひびきである。

「浄土高僧和讃」の「龍樹讃」の末尾、

恩愛はなはだたちがたく
　生死はなはだつきがたし
念仏三昧行じてぞ
　罪障を滅し度脱せし

は、人間存在の本質にふれた文学性を具えており、重要な一首であると思う。本讃の典拠としては龍樹の「智度論」を引いた道綽の『安楽集』が指摘されているが、前二句の典拠は得られない。もとより、恩愛は、親子・夫婦などの間の互いに執着する情愛であり、本能的、感覚的なものである。人は時に愛欲におぼれ、恩愛のきずなにしばられて自己を見失う。一方、仏説では、恩愛を捨てさり、悟りの道に入ることが真の恩に報いることであるとする。しかし、恩愛こそが、人間のあかしであり文学のテーマとして語られるのである。

その意味で、わたしは、親鸞聖人の生涯における恩愛―父の失職、母との死別、つづく出家、また、恵信尼との愛のはぐくみ、北陸、関東から、再び帰洛後の一家離散した中で、いかに恩愛の道に心をいためたか、を思う。そういう心の刻印、魂の歴史といったもの、体験からほとばしった告白が自らリズムを得て本讃歌となったように思われる。

さらに考えれば、『三帖和讃』こそまた聖人の生涯ともいえよう。すなわち「浄土和讃」は自己の理想の世界観、「浄土高僧和讃」は古人思慕の心、「正像末和讃」はわが身をふりかえる切実な心と若き日への情熱であり、それを「愚禿善信集《あつむ》」とすると読みとれる。

恩愛を人間実存の姿としてそのままに肯定し形象化するのが文学であり、王朝の『源氏物語』、古代から中世への転換期を描いた『平家物語』が、いかに悲しき恩愛の道を説いたか、そこに豊かな文学性が生まれたことが知られる。人間個我の本質はまさに「恩愛はなはだたちがたく　生死はなはだつきがたし」である。しかしこの二句を基盤にしつつ「念仏三昧行じてぞ罪障を滅し度脱せし」とするところに、別次元の信の世界が確立する。体験に根ざした実証的な思索そのものの歌謡化ともいえるし、また、劇しい生への希求となって人間の内心をゆさぶるがゆえに、広く人間の「体験」によって受容されたものともいえよう。そして本歌謡のリズムには、御堂にゆらぐ御燈と、ほのかにかおる香のしめりにも似た哀感がただよう。宗教的抒情とも、宗教的感動ともいえる。『平家物語』の「灌頂巻」では、建礼門院がおのれの生きた現実世界を六道輪廻になぞらえて語る。それは、女院だけの体験でなく、同時代に生きた人々の体験の歌声であった。

この意味でいえば、『三帖和讃』も、親鸞聖人自身の体験の歌声のみにとどまることはないが、特に、生々しい個の体験は、「正像末和讃」に多く聞かれるのである。

　浄土真宗に帰すれども
　　真実の心はありがたし
　虚仮不実のわが身にて
　　清浄の心もさらになし

わたしたちは、和讃に接することにより、直接、聖人の心にふれ、その叫びにふれる自己を見直すことであろう。いかなる親鸞聖人の伝記にもまして、聖人自身が語る自己を発見するであろう。

人間は、死への存在であり、つねに死にさらされて万が一の現実の中に生きている。「生死甚だつきがたし」である。かくして、輪廻生死の中の「いま」「ここ」に生きる「われ」が自覚されなければならない。

　無慚無愧のこの身にて
　　まことの心はなけれども
　弥陀の廻向の御名なれば
　　功徳は十方にみちたまふ

「正像末和讃」の「愚禿非歎述懐」第四首である。そのとき罪多い「この身」への救済が完全となるのである。浄土教は悪の反省史の中に確立された。

『三帖和讃』は、決して過去の作品ではない。古典として永遠の生命をもつものである。聖人は、八十五歳二月九日の夢の夢告の讃歌に、

弥陀の本願信ずべし
　本願信ずるひとはみな
摂取不捨の利益にて
　無上覚をばさとるなり

として、弥陀から廻向された本願への信が胸中にほとばしる喜びを告白している。長く胸中に暖められた後、これを書き記している点、聖人の詩魂の源泉となったものと思われる。

聖なるものにして、しかも人間の生それ自身にふれるものが、『三帖和讃』に見られる浄土讃歌であろう。現代に生きる古典としての『三帖和讃』の中から、何を自分のために取り出すかについて、親鸞聖人は、わたしども一人一人にその選択を委ねているように思われる。

二　『三帖和讃』の成立と法文歌

一　仏は常にいませども

『梁塵秘抄』法文歌中の珠玉とされる、

仏は常にいませども　現ならぬぞあはれなる　人の音せぬ暁に　ほのかに夢に見えたまふ

の歌謡の典拠については、すでに『法華経』「如来寿量品」の長行及び偈の部分が指摘されており、さらに、「安楽行品」の夢感好相の部分、また、『無量寿経』下の部分などにも及ぶことなど、志田延義氏が、『日本古典文学大系』補注に整理されている。さらに、本歌謡の生成、受容の姿として、法華経信仰の純粋性を認める立場（小西甚一氏『梁塵秘抄考』、荒井源司氏『梁塵秘抄評解』）と、浄土信仰との密着した受容を認める立場（志田延義氏『梁塵秘抄評解』—この仏の弥陀仏への置換の可能性、浄土教的な情感の流入を認めたい。武石彰夫『仏教歌謡の研究』—法華経と弥陀来迎引摂思想とが結合）とがある。『日本古典文学全集』—『梁塵秘抄』において、新間進一氏は、出典として『法華経』「如来寿量品」をあげながらも、阿弥陀如来の夢中示現についてもふれている点、両説それぞれ認めているように解せられる。

さて、以上のような本歌謡の解釈上の問題は、現代における受容にも二つの姿をもたらしている点は興味深い。

その一つは、西本願寺に依用される仏教聖歌中に、伊藤完夫氏の作曲になる「仏は常に」として、現に仏会に用いられていることである。また、日蓮系の在家仏教教団においても、同じく賛仏歌として使用されている点である。仏教歌謡の生命は、信仰感動の卒直な表現として、魂にひびく永遠性を有することであると思われるが、先に述べた本歌謡の典拠、ならびに受容の姿が、弥陀信仰と法華信仰の両面から現代に生命を得ている点に、古典の永遠性を指摘することも決して無意義ではあるまい。

また、本歌謡の成立については全く不明であるが、おおむね平安末期の大きな転換期の中に、ひたむきな魂の救済としての真実な歌声として生成された点に間違いあるまい。とすれば、恐らくは幼き日の親鸞がおのずと聞き、また歌ったことも十分に推定し得る。もしこの推定に誤りがなければ、同じく本願寺教団に現在うたいつがれる本歌謡が追体験の世界に再生しているわけである。

二　『三帖和讃』と法文歌

親鸞の『三帖和讃』が法文歌の形式をうけついでいることは、すでに、多屋頼俊氏が『和讃史概説』において、『三帖和讃』の先蹤として法文歌をあげたことに発し、わたしも「三帖和讃と法文歌」(『仏教歌謡』塙選書)においてくわしく検討し、ほぼ定説化しているように思われる。

さて、本稿ではさらに視野をひろげ、『三帖和讃』の組織を検討し、法文歌の組織との関連性を考えてみたいと思う。親鸞の法文歌享受が、もし組織上にまで及んでいるとすれば、極めて興味ある課題となるからである。

高田専修寺蔵国宝本の「浄土高僧和讃」の奥書は以下のとおりである。(1)

宝治第二戊申歳初月下旬第一日　釈親鸞七十六歳書之畢

さらにその前に、

已上高僧和讃一百十七首

弥陀和讃高僧和讃都合二百二十五首

とあることから考えると、「弥陀和讃」とは「浄土和讃」中の「大勢至菩薩和讃」八首を除く百八首を言うことになる。ともに一連の撰述であり「浄土」の二字をかぶせていないことよりすれば、一連の「浄土和讃」であることがわかる。

さて、まず「浄土和讃」第一帖は、総名「浄土和讃」であるが、内容は、

(1)　讃阿弥陀仏偈和讃

(2)　浄土和讃

(3)　首楞厳経によりて大勢至菩薩和讃したてまつる

の三に区分される。(3)については、先にのべた首数からも、さらに、国宝本では、その前に、「已上弥陀一百八首　釈親鸞作」とある点からも、後に加えられるものと推定されるので、一応除外して考えることにする。

(1)の「讃阿弥仏偈和讃」は、曇鸞の「讃阿弥陀仏偈」を典拠としていることは、冒頭に、

讃阿弥陀仏ノ偈ニ曰ク

曇鸞和尚御造

南無阿弥陀仏

釈シテ名ク二無量寿傍経ト一

奉リテレ讃メ亦曰フ二安養ト一

とし、「成仏已来歴十劫」以下四句の第二偈をあげ、次に、本偈の文を省略して、三十七の仏名をあげている。曇鸞が大経によって無量寿仏を讃嘆している本偈を和らげて和讃にしたものである。本和讃の典拠と親鸞の表現とのかかわり、その詩的創造の表現の方法等については、中川浩文氏の「讃阿弥陀仏偈和讃表現考」(2)に教えられる点が多い。この和讃は題号からも仏讃と考えられることは、先にあげた弥陀の異名である仏名をあげてあることからも理解し得る。

巻首は、前述した「讃阿弥陀仏偈」第二首にもとづいて和讃した

弥陀成仏のこのかたは

いまに十劫をへたまへり

　法身の光輪きはもなく
　世の盲冥をてらすなり

に始まる、普通には、「讃阿弥陀仏偈」第一首の偈、「現在西方去比界」以下四句で巻頭が飾られるのがこの「讃阿弥陀仏偈」によって和讃する場合の順当な方法であろうが、第二首の偈、

　成仏より已来十劫を歴たまへり
　寿命方将に量り有ること無し
　法身の光輪法界に偏して
　世の盲冥を照らしたまふかるがゆへに頂礼したてまつる

が、すでに巻頭に記され、今また、和讃巻頭に歌われた理由は、かなり深い根拠がなければならないと思われる。この点について、名畑應順氏は、「最初に寿命無量、光明無量の真の仏身の徳を讃える」とし、「仏寿の無量ということは、未来永遠に衆生を救済する大悲を示すものであるから、今日の衆生のためには、弥陀は今現在されるということで、無量寿の意味は充分顕われる」とする説に従うことを述べ、さらに、親鸞が経よりとり出した「いまに」を重視して、「既に十劫をへたのみでなく、現在から将来にかけての寿命無量を示すことにもなろうか」[3]としている点を重視したいと思う。弥陀の救済の時間的な完全性を説き、弥陀が久遠実成の仏であることを強調した讃歌の趣意のもとづくところは、元より、

「法蔵菩薩、今已に成仏して現に西方に在て、比を去ること十方億刹たり、その仏の世界を

名けて安楽と曰ふ。」阿難又問ふ「その仏成道より已来幾の時を逕たりとやせん。」仏言く「成仏より已来、凡そ十劫を歴たり。」(「無量寿経」)
阿弥陀仏成仏已来来今に十劫なり(「阿弥陀経」)(4)
にあることは論をまたない。
さて、『梁塵秘抄』法文歌の排列は、
法文歌　二百廿首
仏歌廿四首　花厳経一首　阿含経二首
方等経二首　般若経三首　無量義経一首
普賢経一首　法花経廿八品百十五首
懺法歌一首　涅槃歌三首　極楽歌六首
僧歌十首　雑法文五十首
となっており、仏・法・僧にもとづく排列で天台の五時教判に基づく点は、あまねく知られるとおりである。
このうち仏歌について見ると、釈迦(三首)―仏(三首)―弥陀(三首)―薬師(四首)―普賢(一首)―文殊(一首)―観音(三首)―地蔵(一首)―龍樹(二首)―弥陀(二首)―大日(一首)となっている。仏歌の排列の必然性については、いまだ論究を知らないが、典拠とあわせ『往生要集』からの影響の有無についてさらに考えるべきであろうと思われる。たとえば、

文殊はそもそも何人ぞ
　三世の仏の母と在す
　十方如来諸法の師
　皆是文殊の力なり　（三六）

の典拠として、『心地観経』三「報恩品」二下の、
　文殊師利大聖尊は三世諸仏を以て母と為す、十方如来の初発心は皆是れ文殊教化の力なり。
が引かれ、同「観心品」十、「文殊仏母」の条に「一切如来」の語が使用され、珍海已講の「菩提心讃」に、上記の偈の「十方如来」を「一切如来」として用いられているところから、多少の論点があるようであるが、むしろ、『往生要集』第二欣求浄土の七、「聖衆倶会楽」中に引かれる『心地観経』をもって、直接の典拠としたいように考えられる。『往生要集』の流伝と影響は、すでに、法文歌生成期に著しいものがあり、鴨長明も日野の閑居に一本を携えていたことは普く知られる点である。これは一人長明に限ることではあるまい。天台浄土教讃歌の盛行と法文歌の盛行はほぼ時を同じくするものであり、その点に著しい交流関係も認められ、『往生要集』とのかかわり合いもまた等しく認められるべきことであろう。
　さて、法文歌の冒頭は、次の一首ではじまる。

　釈迦の正覚成ることは
　この度初めと思ひしに

五百塵点劫よりも
彼方に仏と見えたまふ(5)　(二二)

本歌謡の典拠は、「法華経」如来寿量品第十六の長行の
汝等よ、あきらかに聴け、如来の秘密・神通の力を。一切世間の天・人及び阿修羅は、皆、今の釈迦牟尼仏は、釈氏の宮を出でて、伽耶城を去ること遠からず、道場に坐して、阿耨多羅三藐三菩提を得たりと謂へり。然るに善男子よ、われは成仏してよりこのかた、無量無辺百千万億那由多劫なり。……われ成仏してよりこのかた、またこれに過ぎたること百千万億那由他阿僧祇なり。これよりこのかた、われは常にこの娑婆世界にありて、法を説きて教化し、また、余処の百千万億那由多阿僧祇の国においても、衆生を導き利せり。
と説く部分にあることはいうまでもない。「如来寿量品」は本門の正宗分であり、まさに『経』の眼目である。五百塵点劫のたとえで成仏已来の久遠を説き、以来この娑婆世界に衆生教化をなしつづけてきたとする久遠常住不滅の仏とするのである。

従って、すでにいわれるように、『梁塵秘抄』巻一冒頭の仏歌中の「ゐる塵」に『梁塵』との対応を示しているのと同様に、巻二冒頭の本歌謡に「五百塵点劫」をもってきたことも十分納得しうるが、内容的には、天台の五時教判のエキスである釈尊の久遠実成説も、如来の時間的完全性を表わす思想であることが重要であろうと思われる。

以上、「讃阿弥陀仏偈和讃」および「法文歌」中の仏歌冒頭が、それぞれ内容において著しく

共通性を持ったものであることが指摘される。釈尊と阿弥陀如来とは本来同一仏であるという思想があり、阿弥陀如来の久遠実成の思想が、釈尊の久遠実成思想と対抗するためにおこったものでないことは言うまでもない。如来の完全性が時間的に深められた必然の結果としてもたらされた思想である点に特色を有する。親鸞が「法文歌」に接し、また、『梁塵秘抄』の歌謡にふれていた可能性は大であるが、にわかに、冒頭の対応をもって、組織上の影響を受けたとは言いがたい。しかしまた、その可能性を否定することもできないであろう。

「讃阿弥陀仏偈和讃」の次にあるものは、「浄土和讃」であり、内容は、

大経意　二十二首　観経意　九首
弥陀経意　五首　諸経のこころによりて
弥陀和讃　九首　現世利益和讃　十五首

である。後に加えられたと見られる「首楞厳経によりて大勢至菩薩和讃したてまつる　八首」も諸経和讃と見られるから、これらはすべて法讃として一括できると思われる。親鸞教学における所依の経説が浄土三部経におかれることは当然であろうが、このうち『無量寿経』を真実とし、『観無量寿経』と『阿弥陀経』には、真実と方便の二つの意味があるという新しい見方をとった。従って「大経意」の構成は、

Ⓐ ①尊者阿難座よりたち
④〜①如来興世の本意には ―― 大経の序分（四首）

Ⓑ ⑰〜⑤ 弥陀成仏のこのかたは 安楽浄土をねがひつゝ ］大経の正宗分（一三首）

Ⓒ ⑳〜⑱ 如来の興世にあひがたく 一代諸教の信よりも ］大経の流通分（七首）

Ⓓ ㉒〜㉑ 念仏成仏これ真宗 聖道権化の方便に ］大経の大綱（二首）

となり、Ⓐは、釈尊出現の本意、Ⓑは弥陀の本願、Ⓒは、法の信じ難いこと、Ⓓは、真実と権化との差別を明らかにし、権を捨てて実に帰することを勧めるという理路整然たる構成となっている。わが国においては、古来漢訳仏典がテキストとして用いられたが、ここに、その意をとって和讃化が行なわれたということは極めて注目すべきことであった。もちろん先蹤として釈教歌があるが、その形式の限定の中では、十分に経意をもることはしょせん不可能であり、理よりも感覚的受容におち入ってしまうという恐れがある。その点、法文歌における経歌―法讃を先蹤とすることは疑う余地はない。法文歌経歌の中心は、法華三部経であり、量的にも、質的にも、法華経二十八品百十五首を中心とすることはいうまでもなく、上記の「大経意」に見合うものがある。序品より普賢品にいたる整然たる組織をもっており、内容も、経を典拠とはしているものの、「大経意」と同じく、意をとって讃嘆していることと共通する点があるが、伊藤博之氏が「大経意」冒頭部分について具体的に分析しているように、詩的創造が、豊かな想像力によってふくらみのある詩心を生み出している点に注意したい。(7)「大経意」においては、さらに、『無量寿経』を典拠としながらも、『観経』『般舟讃』『五会法事讃』『法華経』等を用いつつ、詩的世界を創造していることに注目したいと思う。

次に「高僧和讃」は、浄土七祖を「釈文に付けて」讃嘆した僧讃であり、龍樹—天親—曇鸞—道綽—善導—源信—源空と、その歴史的相承を明らかにし、浄土思想の展開を位置づけており、特に源信讃において『往生要集』を多く典拠としているのが注目される。この点、すでに述べたように法文歌への『往生要集』の影響を思いおこしたい。龍樹は、法文歌の仏歌（密教の祖として）にうたわれていたが、ここでは明らかに易行法門の祖としてとりあげられている点が異なるのも見のがせない。一方法文歌の僧讃は、迦葉尊者七首、聖三首を歌い平板な内容におわっているのに対し、親鸞における相承の意識は、信仰感動の中に波をうち、特に源空讃に燃焼している感動は一きわ高まっている。わが国和讃史にしめる僧讃は、「天台大師和讃」をもって嚆矢とするが、内容は叙事的歌謡であり、以下、詩的結晶を高く評価できるものに乏しい。その点、「高僧和讃」は、詩的感動を内在させているが故に、力強く、信の深さの発露となっている点、注目すべき作品である。和讃史上、僧讃は、中世において最高の達成をしめしたと考えられる。

次に、「正像末法和讃」であるが、今国宝本を見ると、三十五首をつらね、「康元二歳丁巳二月九日ノ夜寅時《とらのとき》夢告ニイハク」として夢告讃が記され、

コノ和讃ヲユメニオホセヲ

カフリテウレシサニカキツケマ
イラセタルナリ

と夢告の感動を卒直に記し、弥陀より廻向された本願の信が胸中にほとばしる喜びをのべており、次に、

正嘉元年丁巳壬三月一日　愚禿親鸞八十五歳書之

とある。国宝本は、いわゆる草稿本とされ、以後、改訂増補して、文明板本の形に展開したと考えられるが、その振幅の幅は誠に大きいものがあり、極めて特異な存在をしめている。夢告をもって本和讃の制作動機とする説と、文明板本の第一章(国宝本では十三章)、

釈迦如来かくれましまして
二千余年となりたまふ
正像の二時はおはりにき
如来の遺弟悲泣せよ(8)

とする時機に対する悲歎をもあわせ考えるべきであるという説とがあるが、文明板本において、夢告讃が冒頭におかれている事実を考えると、制作動機としては、やはり「夢告讃」を重視すべきではなかろうかとも思われる。ひたむきに信仰感動より発するところに信の深さを見たいと思う。また、この夢告の康元二年(一二五七)二月九日から、正嘉元年(改元)閏三月一日にいたる間にあたためられていった詩魂をも考えなければなるまい。

弥陀の本願信ずべし
　本願信ずるひとはみな
　摂取不捨の利益にて
　無上覚をばさとるなり

とする霊告は、已信者の親鸞に対していかに解すべきかとする疑問があるが、八十五歳にして、霊告を得た点に、やはり、老いてなお信にたゆとう心があったと見るべきであろう。自信の確認と解すべきではあるまい。何人の霊告かについても諸説あるが、聖徳太子讃嘆を含み、また、建長八年丙辰蓮位の夢想が太子であり、今の霊告の前年の同月日からも、太子が夢に示現したものと考えてもあまり無理はないように思われるが、さらに考えたい。

さらに、文明板本では、

　正像末浄土和讃　　愚禿善信集

としているのは、前二帖が経論釈の典拠の意によって讃ぜられたのに対し、内心の告白からおのずと発したものが多いことから「善信集」としたものと解される。とともに文明板本においては、「正像末法和讃」五十八首の他、疑惑和讃とよばれる二十三首、皇太子聖徳奉讃十一首、愚禿悲歎述懐十六首、善光寺和讃五首、自然法爾の章、閣筆の二首よりなることからも「集」と名づけた理由が解されよう。前二帖より、よほど求心的な内面の発露となっている点、せまりくる老の孤独と不安な環境、いわば人生の漂泊の中にあった親鸞が、信に徹しようとして、徹しきれない人間煩悩の深さに思いをはせた深い魂の叫びとなったと見ることができる。和讃は、ここに初めて中世歌謡として結実したといっても過言ではあるまい。

善信とする点も、老いてなお若き日のひたすらな情熱の日々にかえる心からであったかも知れない。

無明煩悩しげくして
塵数のごとく遍満す
愛憎違順することは
高峰岳山にことならず　(七)

浄土真宗に帰すれども
真実の心はありがたし
虚仮不実のわが身にて
清浄の心もさらになし　(愚禿悲歎述懐一)

のごとき和讃には、切々たるわが身の悲痛が涙とともに歌われる。親鸞はだれにもまして悲しみの人であった。真の自己を選択するのは悔悟によるといわれるが、中世変革の中に捉えられた信仰の魂がほとばしり、和讃はここに幻想の世界を超克して、形式と内容を確立したといってよい。

一方、『梁塵秘抄』の雑法文歌には、次のような内心の切実な吐露の見られる歌謡があることが注目される。

1　有漏のこの身を捨て棄てて
　無漏の身にこそならむずれ
　阿弥陀仏の誓ひあれば
　弥陀に近づきぬるぞかし　（二一一）

2　われらは何して老いぬらん
　思へばいとこそあはれなれ
　今は西方極楽の
　弥陀の誓ひを念ずべし　（二三五）

3　われらが心に隙もなく
　弥陀の浄土を願ふかな
　輪廻の罪こそ重くとも
　最後に必ず迎へたまへ　（二三六）

4　暁静かに寝覚めして

思へば涙ぞ抑へ敢へぬ
はかなくこの世を過ぐしては
いつかは浄土へ参るべき　（二三八）

これらの歌のあるものは、親鸞の「正像末法和讃」にひびき合うものをもち、いわゆる法文歌の内容を打ち破って、自己の罪業意識を切々として訴えている点が注目される。そして、いずれも切実な浄土信仰讃歌となっており、すでに、中世歌謡として評価さるべき崩芽が見られる。

1は、『無量寿経』上に説く弥陀の四十八願中の第十願「漏尽通の願」による、
設《たと》ひ我仏《われぶつ》を得んに、国中の人天若《も》し想念を起し、身を貪計《とんげ》せば正覚を取らじ。
初めに、「有漏のこの身を捨てて、無漏の身にこそならむずれ」とする対比表現と「こそ」を用いた係結びに主観的な強い心情が表現されており、その後に弥陀の誓願をもってきている点に、本願力への絶対信が鼓動となって伝わってくる。

2の歌謡は、『梁塵秘抄口伝集』巻十、『宝物集』巻七、『十訓抄』第十、『拾遺古徳伝』等に広く伝誦されており、空間的、時間的普遍性が指摘し得る。生老病死のいたるところ、人間はしょせん煩悩からのがれることはできない。老いの孤独からくる苦悩を悔恨から帰依へと展開させた点に心をうつものがある。

親鸞は、「愚禿悲歎述懐」の中で、
無慚無愧のこの身にて

まことのこころはなけれども
弥陀の廻向の御名なれば
功徳は十方にみちたまふ　（四）

と自己の内省と仏恩の深広を歌ったが、『三帖和讃』においては、「西方極楽」の語は全く所出することがない。ただ、聞信の世界の深まりを見ることができると思われる。

3には、しめやかな感慨があり、心底からあふれ出るきわめて濃度のこい信仰が感じられる。宗教的抒情というべきであろうか、求願の切なるものには一切が与えられるのであろうか。しかし、「隙もなく弥陀の浄土を願う」ことは、親鸞の「願力無窮にてましませば、罪業深重もおもからず」とする信の断定には及ばない。

4は、法文歌中に見られるもっとも切実な悲歎であり、仏教と文学との交渉の姿を如実に反映する歌謡である。原本は、「はかなくこの世を過ぐしても」とするが、志田延義氏は「結句の構成に対応させて『も』を『は』の誤字とする方が、仏に帰依しようとする者の深い嘆声を交えた痛切な告白として聞かれる」とし[9]、新間進一氏も、「第四句の反語形式の文との釣合いで解しにくい」とした[10]。わたしも、すでに「梁塵秘抄解釈小見[11]」中で本歌謡の解釈にふれたことがあった。

本歌謡に類似する発想としては、「菩提心讃」「極楽願往生歌」他があげられているが、本歌謡は一歩深められた信仰感動の卒直な提示が魂のひびきとしての切実さを歌いあげている。暁の静寂の中に、わが身の来し方の罪業の深さを思い、阿弥陀仏の誓願によって救われているということはわかっていても、不安な生である。いつ広大慈悲の心に救われて浄土へ往生できるというのであろうか、できないのではないかとする心の相剋に人間真実の姿が示されている。親鸞は「愚禿悲歎述懐」の末に、「已上十六首　これは愚禿がかなしみなげきにして述懐としたり」と記している。草稿本が八十五歳のおり記され、その後晩年にいたるまで加筆補訂されたと見れば、ますます「正像末法和讃」に見られる親鸞の和讃の達成を示すことになろうと思われる。

親鸞の説くところ、本願を信ずるとき、弥陀の広大慈悲に摂取されて、有漏の身のままに、往生は決定するのであって、他力廻向の信である。「愛憎違順」し、「虚仮不実」のわが身であればこそ、弥陀の本願はより真実のものとなってくる。永遠の迷いを脱しきれぬ人間実存に眼をむけた時、弥陀の悲願は、より確実に人間凡夫にとっての救済となるのである。

雑法文歌に見られる悲歎は、かくして親鸞の和讃において、中世和讃としての内実を確立したと考えることができる。雑法文歌が親鸞における和讃の形式に影響を与えたか、いなかについては、にわかに是非を言いがたいが、和讃史の展開から考えるとき、一つの経過点となっているとはいえよう。

『梁塵秘抄』の法文歌と、『三帖和讃』との対応は、偶然であったかも知れない。しかし、この仏教歌謡の二大集成が、形式のみならず、内面的な深化を内蔵する点に注目し、中世に生きる人々の個々の魂の救済に多くの影響を及ぼしたことに、文学史的価値を認めなければならないと思う。法文歌は『法華経』を中心とする法華信仰歌謡の一大集成であるのに対して、『三帖和讃』

は浄土三部経を中心とする弥陀信仰歌謡の一大集成ともいえよう。

三　和讃史における『三帖和讃』の位置

古和讃は、平安朝中期に形式を創造し、歌謡ジャンルの一つとして輝くべき創造をもたらした。そして、源信の『極楽六時讃』のごとき、幻想の浄土を詩的世界に結晶させ、法文歌に摂取され、時衆の和讃の中に、生命力を持続させていった。また、「空也和讃」のごときも、同じく法文歌に摂取され、時衆和讃の中に再編成され、念仏讃にまで受容され、長く民衆の信仰感動をささえる浄土の歌声となっていった点に注目すべきであろう。

古和讃を母胎として法文歌が生まれ、わが国仏教歌謡史上に輝く山脈を築くのであり、その集成の業は後白河院の力になるものの、二に記したような組織分類が院自身の手になるものか、すでに、法文歌のある組織があって、それを取り入れたものであるかは明らかでない。しかし「法華経二十八品歌」のような量的にもかなり厖大な歌謡群は、一つ一つのユニットとして存在していたものに違いない。歌謡は、その作者、作曲者をこえた受容の中に創造的生命を有するといわれるが、二十八品歌のごとき純一なる体裁と内容を有する歌謡が徐々に作られたとは到底考えがたいが、いずれの事情によるものかは今明快にし難いのが惜しまれる。しかし、古和讃と異なって、その表現が内面化され、経典を典拠とするものの、直訳的なぎこちなさを脱し、詩的創造をなしえた歌謡が見られるのも特色であろう。古和讃の四句一章が切り出されている点、すでに、その後に見られる和讃の移動性の萌芽を示すものであろう。

法文歌が生成され、受容された期間は、古和讃のいくつかに比べれば、決して長いものではなかった。それに対して、親鸞の『三帖和讃』は、法文歌の形式を受けながらも、古和讃の連続性を再生させたといってよい。もちろん曇鸞の「讃阿弥陀仏偈」よりの直接の影響もあったであろうが、一章一章独立しながらも、非連続の連続性を生み出した点は、やはり、和讃史上画期的な創造といわねばならない。ましてや、典拠をふまえながらも、典拠をこえた創造をなし得ている点に大きな価値を有すると思われる。

また、親鸞という一人の作者が、文明板本でいえば三百五十三首の和讃を組織整然と作りあげた点は、和讃史上まれに見るところである。しかも、十余年の和讃推敲の過程をえてなしとげられた業は、まさに人間形成の文学として高く評価することができようと思われる。しかも、人間の悲しみがほとばしるが故に、逆に弥陀の恩徳の有難さに思いを新たにする大きな信仰感動につつまれて生成したものと考えられよう。

一方、その享受を考えてみると、この浄土の歌声はその後、蓮如の文明開板をまって、宗教的共同社会の中に、広く深く受容され、中世社会をゆり動かす力の源泉ともなっていったのである。『三帖和讃』が悲劇的な孤立におわることなく、以後、その生命を現代に持続させている点に『三帖和讃』の永遠性を見たいと思う。日に新たにして、また日に新たな生命を汲みつくすことのできぬ泉が古典であるとすれば、『三帖和讃』もまたその一つであることは疑いがない。現行の高等学校用「日本文学史」のテキストの多くに、本和讃の解説が見られ、中世文学の作品として高く評価されていることもゆえなしとしない。

以上、『三帖和讃』と法文歌とを対比しつつ、その特質をいささか解明した。

注

（1）国宝本は複製本による。
（2）「仏教文学研究」第十一集所収。
（3）『親鸞和讃集』脚注・補注による。
（4）『大正新脩大蔵経』第十二巻所収。
（5）『梁塵秘抄』は『日本古典文学大系』本による。
（6）『大正新脩大蔵経』第九巻所収。
（7）「宗教詩としての『浄土和讃』」―「成城国文学論集」第九輯。
（8）文明板本は名畑應順『親鸞和讃集』による。
（9）『日本古典文学大系』補注による。
（10）『日本古典文学全集』頭注による。
（11）「梁塵秘抄解釈小見」―「解釈」昭和三十六年十一月。

〔補記〕　その後、「仏は常にいませども」について、榎克朗氏は、『般舟三昧経』に「一心に念ずれば夢中に阿弥陀を見たてまつる」とあることを記している（『梁塵秘抄』〈新潮日本古典集成〉）。

三　「浄土和讃」の文学性

一　「浄土和讃」巻頭　巻尾の文

高田専修寺蔵国宝本『三帖和讃』中の、「浄土和讃」の親鸞真筆部分は、題箋と、巻頭の『称讃浄土経』の文、および、巻尾の『首楞厳経』の文である。国宝本は、現在ある『三帖和讃』最古の写本であるから、本文研究上の価値は極めて高いものがある点はいうまでもないが、これを初稿本と考えれば、当然、それ以前に、草稿本があったはずであるし、当初から、組織整然とした本讃が一時期に成立したとは考えられない。この点は、草稿本と考えられる国宝本「正像末法和讃」と照合することによって明らかであろうが、その撰述過程を明らかにし得ない点が惜しまれる。ただ、国宝本成立は、「浄土高僧和讃」の奥書

宝治第二戊申歳初月下旬第一日　釈親鸞七十六歳書之畢(1)

によって明らかであるから、自筆稿本を転写したものであり、初稿本は、そのまま親鸞の初稿本と見てよいであろう。ただし、前二帖の筆者は同一人と認められる。従って、親鸞が、自ら題箋

を記し、巻頭、巻尾の文を添えて、証文とし伝授したものと考えられる。

そこで、巻頭の一文が重要な意味を持つこととなる。

称讃浄土経《シャウサンシャウトキャウ》言《ニノタマハク》　玄奘《クエンシャウ》三蔵《サムサウ》訳《ヤクナリ》
仮使《タトヒ》経《ヘテ》二於《ヲ》百千倶胝那由多劫《ヒャクセンクテイナユタコフ》一以《モテ》二其《ソレ》無量百千倶胝那由多舌《ムリヤウヒャクセンクテイナユタノシタヲ》一一舌上《キチキチノシタノウヘニ》出《イタシテ》二無量声《ムリヤウノコエヲ》一讃《ホメム》二其《ニソノ》
功徳《クトクヲ》一亦《マタ》不《シト》三能《アタハ》二尽《ツクルコト》一文

『称讃浄土経』は、正依の秦訳『仏説阿弥陀経』（鳩摩羅什訳）に対し、異訳唐訳の『称讃浄土仏摂受経』（玄奘訳）の略称であり、旧訳に対する新訳であることは言うをまたない。

本経は、極楽浄土の依報荘厳、阿弥仏および声聞菩薩衆の無数を説き、一日七日の繫念不乱をすすめ、諸仏の称讃を説く。旧訳と比較すると、依報段の終りに、極楽の荘厳を讃歎して、百千倶胝那由多の劫を経て、百千倶胝那由多の舌を出し、一々の舌の上に無量の声を出して其功徳を讃ずるも尽くす能はずといい、また、六方三十二諸仏の護念証誠を増して十方四十二仏を列ねている点に相違が見られる。『阿弥陀経』を助顕する経典として用いられ、すでに弘安三年（一二八〇）の刊本がある。

まさに、「浄土和讃」巻頭の一文は、この異同をとりあげた部分であり、親鸞自らの感動をもたらしたものであったに違いない。このことは、建長八年（一二五六）の奥書を有する『入出二門偈頌文』（専修寺旧蔵法雲寺伝来現東本願寺蔵）の表紙裏に、「仮使経於……亦不能尽」の一文が記されており、また、親鸞四十五歳以前の作とされる『阿弥陀経集註』（西本願寺蔵）にも、その本文

が朱書によって書き加えられており、晩年の筆蹟と認められている。(2)

以上の点から、『称讃浄土経』の一文は親鸞が心引かれ、心にかみしめ味わいつくしてなお意味を尽くし得なかった文句であったといえよう。そして、この文を典拠として、「諸経意弥陀仏和讃」の三首目に

百千倶胝の劫をへて
百千倶胝のしたをいだし
したごと無量のこえをして
弥陀をほめむになほつきじ

と讃詠している。正依浄土三部経の讃歌は、「浄土和讃」中の〈浄土和讃〉にそれぞれ、大経意、観経意、弥陀経意からなるが、その中には含まれず、「諸経意」に傍依として出したのは、二尊悲化の二首を受けて称讃不尽意を表したものである。

さて、『称讃浄土経』については、『一遍聖絵』に、つぎの記述がある。

太子御廟より当麻寺へ参(り)給(ふ) この寺は天平宝字七年に弥陀観音化現してはちすのいとにてをり給へる極楽の曼陀羅安置の勝地なり 彼(の)偈頌(に)云(く)往昔迦葉説法所 今来法喜作仏事 郷懇西方故我来 一入是場永難苦文 まことにありがたき霊地にこそ侍れ されば平家南都をせめけるとき 当時の諸堂みな同(じ)く やきはらひけるに曼荼羅堂一字のこれり あやしみて是を見るに檐のしづくしたたりて砌をうるをせり 法雨

くだりてそそぎけるにやと不思議なりし事なり　聖参詣のあひだ寺僧てらの重宝称讃浄土経一巻をたてまつりけり　この経は本願　中将の妃の自筆の四千のうちなり　かの人は勢至菩薩の化身と申（す）説も侍れば　かたがた重物なりとて秘蔵してもち給（ひ）たりけるを最後の時書籍等やき給（ひ）し時書写山の住侶に付属し給（ひ）き。(3)

一遍は四十八歳の折、『称讃浄土経』に接して秘蔵する。そして、遷化の十三日前、『阿弥陀経』を読みながらすべての書籍を自ら焼き捨てる前に、この経文を書写山の僧にわたすのである。「一切聖教みなつきて南無阿弥陀仏になりはてぬ」と言うが、その中で、『称讃浄土経』については、異常な感動をもちつづけていたものであろう。一遍がこの経文に接したのは、遷化の三年前で、いわば晩年のことである。親鸞も、歳こそ違え晩年に接した。ともに、信仰の立場を異にするが、一遍も同じく、新鮮な新訳の一文にふれて魂の輝きを増したことであろうと思う。ここに二人の偉大な念仏者の奇しき経文との出会いの因縁を見ることができる。

「浄土和讃」巻尾の、「首楞厳経」の文は次のとおりである。

経言　我《ワレ》本《モト》因地ニシテ　以テ二念仏ノ心ヲ一
入《イレリ》二無生忍ニ一　今《イマ》於シテ二此界ニ一
摂シテ二念仏ノ人ヲ一　帰セシムルナリ三於ニ二浄土ニ二

この文を典拠として作られたのが、「浄土和讃」一帖の末尾にのる、「首楞厳経ニヨリテ大勢至菩薩和讃シタテマツル」の末尾二首である。

われもと因地にありしとき
念仏の心をもちてこそ
無生忍にはいりしかば
いまこそ娑婆界にして　（七）

念仏のひとを摂してこそ
浄土に帰せしむるなり
大勢至菩薩の
大恩ふかく報すべし　（八）

已上大勢至菩薩

源空聖人之御本地也

『首楞厳経』は、旧訳の鳩摩羅什訳の『首楞厳三昧経』二巻ではなく、中インドの般刺蜜帝の新訳『大仏頂如来密因修証了義諸菩薩万行首楞厳経』十巻をさすことを注意したい（『大正蔵』巻十九所収）。和讃は文意をそのままにとり、（七）（八）の連作形式となっており、末尾の二句は、親鸞の讃嘆の心をつけ加えたものである。本讃の前に記す、「已上弥陀一百八首」の中にも入らず、「浄土高僧和讃」の奥書「弥陀和讃高僧和讃都合二百二十五首」にも加えられていない。恐らく後につけ加えられた和讃であろうが、末尾の「経言」の真筆を考えるとき、「浄土高僧和讃」を撰した後、総称「浄土和讃」（二帖）は、師法然上人の正統を伝え弥陀一仏の智願海を弘伝せんがために、法然の本地である勢至菩薩を出し、「高僧和讃」の末尾の「源空讃」と対置させたと考えられる。「源空讃」二十首のなかでは、「本師」をくりかえすこと十回におよぶ点、自分は導くものではなくて導かれるものであるとの自覚、これもまた弥陀廻向の力であるとする信の深さからほとばしり出た歌声であったに違いない。

この「経言」は、さらに、告白的讃歌である「正像末法和讃」（国宝本）に至って、

濁世の有情をあわれみて
　勢至念仏すすめしむ
信心のひとを摂取して
　浄土に帰入せしめけり　（二三）

となるが、ここで注目すべきは、「念仏ノヒト」から「信心ノヒト」への転化であろう。ここに、信心為本の立場が鮮明にされる。念仏は契約ではない。己証の法味であり、信の深さにおいて一切が与えられる。草稿本の製作は、正嘉元年（一二五七）、親鸞八十五歳であることが奥書によって判明する。「大勢至菩薩和讃」挿入の時期を「正像末法和讃」の製作当時かとする説があるが、「念仏の人」から「信心の人」への転換を説明することは困難と思われるが、いかがであろうか。文学における表現は、そう単純に変えられるものではない。ましてや、宗教的感動にささえられ

る讃歌においてをやである。感動からほとばしり出た表現の差違は、深い魂の深化につながるものではなかろうか。文明板本においては、この首尾の経文はない。行儀上からすれば、なくてもよいものであろうが、やはり、国宝本に讃歌の魂の源泉を感ずるような気がする。

以上、巻頭、巻尾に掲げられた経文の特質を考察した。

二 いわゆる巻頭和讃の解釈について

文明板本巻頭には、前記の『称讃浄土経』の文はなく、いわゆる巻頭の和讃とする二首がある。

弥陀の名号となへつつ
　信心まことにうるひとは
憶念の心つねにして
仏恩報ずるおもひあり。(4)

(1)

誓願不思議をうたがひて
御名を称ずる往生は
宮殿のうちに五百歳
むなしくすぐとぞときたまふ

(2)

(1)は、国宝本「正像末法和讃」の第五首であり、顕智書写本―建長七年(一二五五)親鸞八十五歳、再治本の巻頭にのせる和讃の第一首となる。⑵は、国宝本「正像末法和讃」の十二首にのり、顕智本「浄土和讃」の「大経意」第十八首に収められている。さらに、巻尾に別和讃とする五首が添えられており、巻頭の二首も同じく別和讃と考えてよいように思われる。

さて、ここでは、書誌的な考察にふれることなく、第一首の解釈をめぐる諸問題について考察したい。

名畑應順氏の『親鸞和讃集』（岩波文庫本）によれば、「念仏を称えて、同時にこの念仏を選びとられた仏の本願のまことを疑いなく信ずる人は、つねに心に本願を忘れずに、仏恩を感謝する思いが持続する」と訳している。しかし、語注では、「となえつつ」の訳として、「口に名号即ち念仏を繰り返し称えて」となっており、「つつ」の訳が矛盾していることに気がつく。『日本古典文学大系』「親鸞集」の「三帖和讃」も、同氏の校注であるが、「つつ」の訳は同じである。ただ、「信心まことにうるひとは」の訳が、「この念仏を選びとられた仏の本願のまことに疑いない人は」とある。刊行年次から考えると、前者は後者を改訂したものであろうと思われる。

さて、接続助詞「つつ」の訳は

①　行為の反復　　〜ては
②　二つの動作が同時に行なわれること、　〜ながら
③　行為の進行・継続　　〜しつづける

となることは、首肯されよう。とすれば、「同時に」と訳す場合と、「繰り返し称えて」（反復）の

意は、おのずと異なることは明らかである。本二首は、古来宗門では『三帖和讃』全体の綱要を示したものとし、第一首を勧信、第二首を誡疑として重要視してきた。従って本解釈は、宗義の根本にもかかわる問題であろうと思われる。

試みに、『しんらん全集』讃歌4収載の現代語訳「浄土和讃」（藪田義雄）では、

　阿弥陀如来の名号《みな》を称《とな》えて
　信心をまことに得るひとは
　憶念の心がつねにあって
　仏の恩を忘れることがない。

とする。「つつ」の訳に「て」はあるが、この場合は、順接で事実の継起を表すことになり、a
そしてbの意となろう。従って、「弥陀の名を称へて」、のちに信心をうることになる。すると、弥陀の名号を称へて後に信心をうることとなるので理解しがたい。

そこで、現行の注釈書として二種をえらび、その解釈を考察することとした。㈠は、仏教学会編の『三帖和讃講義』、㈡は、柏原祐義氏の『三帖和讃講義』である。

㈠においては、「つつ」を、②の同時の意と、③の継続の意をかねる意にとっている。しかし、文法的には、②③をかねるという意味は成立しがたい。やはり、弥陀の名号を称えると同時に、つまり、称えながら、信心を具足するとする解に従うべきであろう。「つづく」をあわせ考える点について、「つづく」は、相続で、「上一形を尽し下十声一声に至る称名をいふ」とするが会釈

し過ぎているように思える。また、初句に称名をあげ、二句に信心を出す点について、宗義上の異訳を出すが、宗学上の問題であり、今はあつかわない。

㈡においては、「つつ」の辞解に、「口に称へ称へすること」とし、さらに、継続の意にとり、「一生の間称へつづける義」としているが、これでは、反復と継続の両義を含むこととなり、解しがたい。

もし、反復とすれば、「弥陀の名号をくりかえし、くりかえし称えて」、つまり、多念の後に、「信心をまことに得る」となる。また、「弥陀の名号を一生の間称へつづける」のであれば、一念の中に信は得られないことになる。しかし、同書余義においては、「念仏をはなれて信心なく、信心を離れて念仏なき旨を示し給はんがために、この二句を並べあげたまひた」とあることよりすれば、同時の意味にとっていることが納得できるように思う。

ここで注目すべきは、『歎異抄』第一章である。

弥陀の誓願不思議にたすけられまいらせて、往生をばとぐるなりと信じて念仏まうさんとおもひたつこころのおこるとき、すなはち摂取不捨の利益にあづけしめたまふなり。

梅原真隆氏は、「名号が内に廻施せられて信心となり念仏となってくださる」「本願の名号がわれらの信心となり念仏となってわれらを救ふ」「仏は名号を廻施して信心を成就してくださるのである。本願の名号を信じて救はれるということは、本願の名号が信心となって往生の業事を成就してくださるのである」(5)と述べている点によって明らかであり、さらに、『口伝鈔』上に、弥陀の本願と申すは、名号を称へん者をば極楽へ迎へんと誓はせ給ひたるを、深く信じて称ふるがめでたきことにて候なり。信心ありとも、名号を称へざらんは詮なく候。また一向に名号を称ふとも信心あさくば往生し難く候。されば念仏往生と深く信じて、しかも名号を称へんずるは、疑ひなき報土の往生にてあるべく候なり。（下略）（有阿弥陀仏　御返事　七月十三日　親鸞）(6)

また、『末燈抄』にのる「建長八歳丙辰五月廿八日　親鸞聖人御返事」には、

四月七日の御文、五月廿六日、確かに確かに見候ぬ。さては仰せられたる事、信の一念、行の一念、二つなれども、信をはなれたる行もなし、行の一念をはなれたる信の一念もなし。其故は、行と申は本願の名号を、一声称えて、往生すると申ことを聞きて、一声をも称へ、若は十念をもせんは行なり。この御誓を聞きて、疑ふ心の少しもなき信の一念と申せば、信と行と二つを聞けども、行を一声すると聞きて疑はねば、行をはなれたる信はなしと聞きて候。また信をはなれたる行なしと思しめすべし。これみな弥陀の御誓と申ことを心得べし。行と信とは御誓を申なり。（下略）（覚信御房　御返事　五月廿八日　親鸞聖人花押）(7)

この年建長八年は、顕智書写本にみられるとおり、「浄土和讃」再治の翌年であり、巻頭和讃が据えられ、行信一如を重視する意味がこのことによっても明確となるように思われる。以上、巻頭和讃第一首について若干の考察を試みた。

三　「観経意」の構成

「大経意」の構成についてはすでに小見を述べたので、(8)ここでは、「大経意」につづく「観経意」の構成について考えたい。いうまでもなく、『観無量寿経』は、正依の浄土三部経の一であるが、本讃九首中、一～八は序分、九が正宗分、流通分にもとづくことに注意したい。親鸞は、『大経』の法の真実は『観経』の機の真実によっておこるものであり、その機の真実の相は序分にあると考えた。『観経』序分に出る、頻婆娑羅、韋提、提婆、阿闍世など、いづれも末世の悪人女人の姿を表すものとして登場する故、弥陀本願の実機を顕すことになるからである。

『大経』の法の真実は、一に機のためであり、『観経』において、顕には、定散要門の方便をとくが、隠には、弘願念仏の真実をあらわす故、経意においては『大経』と一致するわけである。

さて、以上の点を文学的側面から考えると一～八は、極めて説話的発想の強い讃歌であることがわかる。和讃と説話――これは新しい問題提起であるが、すでに『三帖和讃』の先蹤と考えられる『梁塵秘抄』法文歌においては、説話を摂取した数首の歌謡が見られた。たとえば、

釈迦牟尼仏は薩埵王子
　弥勒文殊は一二の子
　　浄飯王は最初の王
　　　摩耶は昔の夫人なり　　（二三）

は、『金光明最勝王経』捨身品による、釈迦を中心とした前世の因縁説話を歌ったものであり、内容的には、説話的歌謡ともいえるであろう。古和讃においては、説話的発想になるものをあまり見ない。浄土教系の和讃においては、極楽浄土の荘厳を幻想的に取りあげた源信の『極楽六時讃』のごときものを見るが、法文歌に見られる説話的発想は、親鸞の和讃につながると考えられる。これは、もとより『観経』の性格それ自身にもよるが、序分のもつ説話性、聖劇的性格をあえて和讃化した点にも特質を見出さねばならないと思われる。順逆二面から浄土教興起の因縁を明らかにしたのが一〜八である。

　恩徳広大釈迦如来
　　韋提夫人に勅してぞ
　光台現国のそのなかに
　　安楽世界をえらばしむ　（一）

本讃の典拠は、『観経』下記の部分である。

「唯ねがはくは世尊わが為に広く憂悩《うなう》なき処《ところ》を説きたまへ、我れ当《まさ》に往生すべし。閻浮提《えんぶだい》の濁悪世《ぢよくあくせ》を楽《ねが》はず。此の濁悪《ぢよくあく》の処には地獄《ぢごく》餓鬼《がき》畜生《ちくしやう》盈満《やうまん》して不善聚《ふぜんじゆ》おほし。願はくは我れ未来に悪声《あくしやう》を聞かず、悪人を見ざらむ。いま世尊に向ひて五体《たい》を地《ち》に投じて、哀《あい》を求めて懺悔す。唯ねがはくは仏日《ぶつにち》われをして清浄業《しやうじやうごふ》の処《ところ》を観せしめたまへ。」爾の時に世尊眉間《みけん》の光りを放ちたまふ。其の光り金色《こんじき》にして、遍く十方無量《ぱうむりやう》の世界を照らし、仏頂《ぶつちやう》に還《かへ》り住まりて化して金台《こんだい》と為る、須弥山《しゆみせん》のごとし。十方諸仏の浄妙《じやうめう》の国土みな中において現ず、或は国土あり七宝をもて合成《がふじやう》せり。また国土あり純《もつぱ》らこれ蓮華《れんげ》なり、また国土あり自在天宮《じざいてんぐ》のごとし、また国土あり玻瓈鏡《はりきやう》のごとし、十方の国土みな中において現ず。是のごとき等の無量の諸仏国土の厳顕《ごんけん》にして観つべきありて、韋提希《ゐだいけ》をして見せしめたまふ。時に韋提希《ゐだいけ》仏に白して言さく、「世尊この諸の仏土また清浄《しやうじやう》にしてみな光明《くわうみやう》ありといへども我れいま極楽世界の阿《あ》弥陀仏《みだぶつ》の所《みもと》に生ぜむことを楽《ねが》ふ。唯ねがはくは世尊われに思惟《しゆゐ》を教へたまへ、我れに正受《しやうじゆ》を教へたまへ」(9)。

和讃「光台」は、経文には、金台とあり、「安楽世界」は、経文では「極楽世界」とある。「安楽」は、『疏』序分義の、

六に「時韋提白仏」より下「皆有光明」に至る已来は、正しく夫人総じて所見を領して仏恩を感荷することを明す。比れ夫人総べて十方の仏国を見るに、並に悉く精華なれども、極楽の荘厳に比べんと欲するに、全く比況にあらざることを明す。故に「我今楽生安楽国」と云ふなり(10)。

によったものであろう。序分の順序よりすれば、初めに阿闍世王の逆悪を述べて、この原因によりのち韋提夫人の別撰を挙げ、逆縁順縁となるのを、親鸞は逆にして、順縁を先に出している。この構成は、果を示して、因にかえる表現であり、極めて効果的な手法であろうし、クライマックスを導き出す点において効果的である。(一)がすでに引用の経の部分全体に密着しており、

深く豊かな経説の表現をもとにしている点に注目したい。

　頻婆娑羅王勅せしめ
　　宿因その期をまたずして
　　仙人殺害のむくひには
　　七重のむろにとぢられき　(二)

典拠は、『観経』の下記の部分

　爾のとき王舎大城《わうしやだいじやう》に一《ひとり》の太子あり、阿闍世《あじやせ》と名づく、調達《でうだつ》、悪友《あくう》の教へに随順して、父《ぶ》王《わう》頻《びん》婆娑羅《ばしやら》を収執《しゆしふ》し、幽閉して七重の室内に置けり、諸の群臣《ぐんしん》を制して、一《ひとり》も往くことを得ざらしむ。

及び、『疏』の序分義により、父王を禁固した闍王の逆悪をのべる。仙人殺害の因縁は、以下の序分義による。

　元《も》本と父王に子息あること無し、処々に神に求むるに竟に得ること能はず。忽ちに相師ありて王に奏して言さく、臣知る山中に一の仙人あり。久しからずして寿を捨て命終して已後《のち》必らず当に王のために子と作るべしと。王聞きて歓喜す。比の人何れの時か命を捨てん。相師王に答ふ、更に三年を経て始めて命終すべし。王の言はく、我れ今、年老いて国に継祀なし、更に三年を満つるまで何に由つてか待つべき。王即ち使をして山に入らしめ、往きて仙人に請して曰く、大王子無く、闕きて紹継無し、処処に神に求むるに、得ること能はざるに困む。

乃ち相師あり。大仙を瞻み見るに久しからずして命を捨てて王の与《ため》に子と作らんと云ふ。請ひ願はくは大仙恩を垂れて早く赴きたまへと。使人、教を受けて山に入り、仙人の所に到つて具さに王請の因縁を説く。仙人使者に報へて言はく、我れ更に三年を経て始めて命終すべし。王の勅に即ち赴くことは是の事不可なりと。使、仙の教を奉けて還つて大王に報ずるに具さに仙の意を述ぶ。王の曰はく、我は是れ一国の主なり、所有の人物皆我れに帰属す。今、故らに礼を以て相ひ屈するに乃ち我が意を承けず。王更に使者に勅す。卿《なんぢ》即ち往いて重ねて請せよ。請せんに若し得ずんば当に即ち之を殺すべし。既に命終し已りなば我が与《ため》に子と作らざるべけんや。使人、勅を受けて仙人の所に至つて具さに王の意を導《い》ふ。仙人使の説を聞くと雖も意に亦受けず。使人勅を奉じて即ち之を殺さんと欲す。仙人の曰はく、卿《なんぢ》当に王に語るべし、我が命未だ尽きざるに王心口を以て人をして我れを殺さしむ。我れ若し王の与めに児と作らば、還た心口を以て人をして王を殺さしめんと。仙人此の語を導ひ已つて即ち死を受く。既に死し已つて即ち王宮に託して生を受く、其の日夜に当つて夫人即ち有身を覚ゆ、王聞きて歓喜す。天明けて即ち相師を喚び、以て夫人を観せしむ、是れ男か是れ女かと。相師観をはつて王に報へて言はく、是れ児にして女にあらず、此の児、王に於て損あらんと。王の曰はく、我が国土皆捨てて之に属す。縦ひ損する所ありとも吾れ亦畏ること無しと。王此の語を聞いて憂喜交々懐く。王、夫人に白して言さく、吾れ夫人と共に私《ひそか》に自《みづか》ら平章せん。相師、児を吾に於て損あらんと導ふ、夫人生まん日を待て、高楼の上に在つて天井の中に当つて之を生め、人をして承接せしむること勿れ。落ちて地に在らば豈に死せざるべけんや。吾れ亦憂へ無く、声亦露れじと、夫人即ち王の計を可なりとし、其の生む時に及んでもはら前の法の如くす。生み已つて地に堕つるに命便ち断へず。唯手の小指を損す。

阿闍世王は瞋怒して
　我母是賊としめしてぞ
　無道にははを害せむと
　つるぎをぬきてぞむかひける　(三)

耆婆月光ねむごろに
　是栴陀羅とはじしめて
　不宜住此と奏してぞ
　闍王の逆心いさめける　(四)

耆婆大臣おさえてぞ
　却行而退せしめつゝ
　闍王つるぎをすてしめて

韋提をみやに禁じける（五）

典拠は、同じく『観経』序分の下記の部分である。（一）の悪縁が王舎城悲劇となり、阿闍世は、母をも殺す逆罪を犯すことになる。「耆婆大臣おさえてぞ」以下の解釈は、闍王が剣をとって母を殺害しようとするとき、肉弟の耆婆が無道をいさめながらとびこんで、闍王の剣をおさえたということになる。『観経』および『疏』序分義の解釈からは、必ずしもこのようには解しがたいが、二大臣といはず肉弟の耆婆がおさえたとする点に、創造的な表現が見られる。

時に阿闍世《あじやせ》、守門《しゆもん》の者に問はく、「父王《ぶわう》いまなほ存在せりや。」時に守門の人まをして言さく、「大王、くにの大夫人《だいぶにん》は身に麨蜜《せうみつ》を塗り、瓔珞に漿《こんづ》を盛《い》れて、もて王にたてまつり、沙門目連および富樓那《ふるな》は空《そら》より来りて、王の為に説法す。禁制《こんぜい》すべからず。」時に阿闍世《あじやせ》、この語を聞きをはりて、其の母を怒りて曰はく、「我が母はこれ賊なり、賊と伴《とも》たればなり。沙門《しやもん》は悪人なり、幻惑呪術《げんわくじゆじゆつ》をもて、この悪王《あくわう》をして多日《たにち》に死せざらしむ」と。即ち利剣《りけん》を執りて、其の母を害せむと欲す。時に一《ひとり》の臣あり、名づけて月光《ぐわつくわう》といふ、聡明多智《そうみやうたち》なり、及び耆婆《ぎば》とともに、王の為に礼《らい》を作して白《まを》して言《まを》さく、「大王、臣、毘陀論経《びだろんぎやう》の説を聞くに、劫初《こふしよ》よりこのかた諸の悪王あり、国位《こくゐ》を貪《むさぼ》るがゆゑに、其の父を殺害《せつがい》せしこと一万八千なり、未だ曾て無道《むだう》にして母を害せしことあるを聞かず、王いま此の殺逆《せつぎやく》の事を為さば刹利種《せつりしゆ》を汚《けが》さむ、臣きくに忍びず、是れ栴陀羅《せんだら》なり、宜しく此こに住ましむべからず。」時に二大臣この語を説きをはりて、手を以て剣《つるぎ》を按《おさ》へて卻行《きやくぎやう》して退く。時に阿闍世《あじやせ》、驚怖惶懼《きやうふわうく》して、耆《ぎ》婆《ば》に告げて言はく、「汝わが為にせずや。」耆婆まをして言さく、「大王、つつしみて母を害することなかれ。」王この語を聞きて、懺悔《ざんげ》して救はむことを求む。すなはち剣を捨てゝ止めて母を害せず、内官《ないくわん》に勅語し、深宮《じんぐう》に閉置して、また出ださしめず。

以下、三首は、王舎城内に起こった一大悲劇の深意をのべた部分であり、末尾一首に、『観経』の大綱をのべ、定散自力の三心をひるがえして、他力の信心に帰入すべきことをすすめ、一讃を終わるのである。本「観経意」は、極めて劇的感動豊かな讃歌であり、しかも、王舎城内の悲劇中の一女性韋提希夫人によって他力本願が開かれるという、まさに劇的シーンを背景としていることはいうまでもない。しかも、讃歌の根本には、『観経』序分の説話があり、この説話を豊かにつつみこんで感動の讃歌となし得ている点に、注目すべき特質を有する。とくに説話的和讃とよぶことも可能であろうか。『観経』は、いちじるしく仏教文学的性格を有するものであり、その点に注目して、一讃の構成をなし得た親鸞の創作意識も、また十二分に文学的であったと言うべきであろう。

四　むすびにかえて

本論は、特に、「浄土和讃」における二、三の問題をとりあげて考察した。さらに、冒頭「讃阿弥陀仏偈曰」以下の巻頭構成の問題などさらに考えたい。龍樹作の『十住毘婆沙論』の引用は、法を伝える人として龍樹を捉えており、『梁塵秘抄』法文歌中の「仏歌」に出る龍樹とは異質なものがある。聞法聞思の人親鸞の心は、『三帖和讃』をつらぬく精神であろうと思われる。

注

（1）高田法宝留影　第一篇『親鸞聖人真蹟三帖和讃国宝本』による。以下、国宝本本文も同じ。
（2）宮崎円遵『真宗書誌学の研究』
（3）浅山円祥校『一遍聖絵六条縁起』による。
（4）名畑應順『親鸞和讃集』による。
（5）梅原真隆『正信偈歎異鈔講義』による。
（6）『真宗聖教全書』による。
（7）『真宗聖教全書』による。
（8）拙稿「『三帖和讃』の成立と法文歌」―「高知大学教育学部研究報告」第二部第三〇号所収（本書所収）。
（9）『国訳一切経』（印度撰述部）宝積部七。
（10）『国訳一切経』（和漢撰述部）経疏部一一。

四　『三帖和讃』をめぐる課題

昭和初期、親鸞作『三帖和讃』を歌謡研究の対象として、高野辰之博士が『日本歌謡集成』に収めた功績は極めて大きい。もちろん教団内には、蓮如が文明五年（一四七四）開板した文明開板本、本願寺十世証如の時代の覆刻本、十一世顕如の頃の無刊記本、さらには、慶長四年（一五九九）大谷派教如の文明板による開板本によって広く流布し、寛政十一年（一七九九）には、大谷派香月院深励の『御草稿三帖和讃』が刊行され権威ある諸本の校異が行われ、本文研究の嚆矢となったことは高く評価される。

さて、『日本歌謡集成』巻四（東京堂刊）所収の『三帖和讃』は、底本が明らかでない。「元禄板和讃」と「慶長板和讃」の写真一葉をのせるが、「元禄板」は声明本であり、「慶長板」とも確定し難い。『集成』編集当時、すべてにわたる綿密な本文校訂を求めることは無理からぬ点とは思うが、文明板本の表記・組織を忠実に翻刻せず、特に左訓を全く省略しており、今となって見れば、本文資料としての価値は著しく低いものがある。といって高野辰之博士――実際の業は筑土鈴寛氏の全面的協力によるものと思われるが――の業績を否定することにはならない。昭和初期、国文学研究・歌謡研究の場へ広く『三帖和讃』を提供した功績は永遠に残るに違いない。ただ、『日本歌謡史』中の記述は改めらるべき点が多い。たとえば、「正信偈和讃」なるものの存在を考えているようであるが、これは明らかに、正信偈・和讃の意である。

一方、昭和六年には『大正新脩大蔵経』第八十三巻「続諸宗部」に、「浄土和讃」「浄土高僧和讃」―高田専修寺蔵宝治二年親鸞自筆本（後に国宝本とよばれるもの、自筆部分は僅少）、「正像末和讃」―龍谷大学蔵文明五年蓮如開板本を底本とし、それぞれ権威ある諸本をもって校合した本文が提供されたが、これも、振仮名・送り仮名を欠き、左訓をのせず、完全な翻刻とはいい難い点があった。

昭和十一年、名畑應順博士による『親鸞聖人和讃集』が岩波文庫に収められ、初めて『三帖和讃』は広く読書界に登場した。文明板を底本として忠実に翻刻し、専修寺蔵板本・仏光寺蔵板本により校異、脚注を施し、特に三本にわたる左訓を上欄にかかげ、解説もくわしく、きわめて理解に便であり、『歎異抄』と並んで、『三帖和讃』をとおして親鸞のことばを人々に伝えた価値は大なるものがあった。

昭和三十九年、『日本古典文学大系』は、『親鸞集』を刊行、名畑應順博士校注の『三帖和讃』を収め、文明板を底本とし、高田専修寺蔵国宝本、顕智書写本「正像末法和讃」と校合し、校異の一部を示したことは画期的な業績であり、日本古典としての位置を獲得したといえる。しかし、解説中に、文学史的意義・文学的特質に及んでいないのは、本書の性質上惜しまれてならない。

それ以前、昭和三十年、『親鸞聖人全集』（和讃篇）が刊行され、生桑完明氏により、初めて専修寺蔵国宝本・顕智書写本が忠実に翻刻され、文明板本と対照し研究上の基本テキストが得られることとなった。

さらに昭和三十九年には新間進一氏編『続日本歌謡集成』巻一が刊行され、歌謡研究資料として専修寺蔵国宝本が完全翻刻され、文明板本・顕智書写本他との「本文校異」「左訓校異」を附し正確を期した。昭和三十九年、歌謡研究において、『三帖和讃』は、まさしく文学的季節をむかえたといってよい。ついで、昭和五十一年、名畑應順博士によって『親鸞和讃集』（岩波文庫）が刊行された。前記、『親鸞聖人和讃集』の全面改稿であるが、題目の変化にも、新しく現代に生命を得た姿が見てとれる。文明板本を底本とし、専修寺蔵国宝本をもって対校しているが、「正像末和讃」のみは、『御草稿三帖和讃』をもって対校している。さらに、語釈・通釈を加え、特に補注に学問的成果がうかがえる。左訓校異をも示した点など、すべてに創意が見られ索引も有用である。解釈も平易、しかも研究の水準をふまえ新見も見えるが、文庫「仏教」中に分類されているためか、文学的視野からの解説は不十分である。また、「梵語仏典に出る伽陀は印度の讃歌であり、これを梵讃といい、中国で漢文に訳出し、著述したものを漢讃という。さらにこれを和訳したものが和讃である」とする定義は、明らかに誤りであり訂正さるべきであるし、「法門歌」は「法文歌」の誤りであろう。また、通釈についても、文法的取り扱いに多少の問題があるように思われる。たとえば、巻頭一「弥陀の名号となへつつ」の「つつ」を、「同時に」と訳している一方、脚注には、「繰り返し」と記すなど解し難い点がある。

次に、本篇には、「帖外和讃」九首が収められている。いわゆる「帖外和讃」は、真偽を決し難いものが多く、なぜ、九首のみを収載したのか理由を明確にしない。「極楽無為の報土には」「多聞浄戒えらばれず」の二首は、法然門下に諷誦された「文讃」からの混入、また「超世の悲願ききしより」は、作者不明であるが、親鸞門下に成ったことは、ほぼ間違いあるまい。「帖外和讃」は他、『真宗遺文纂要』『大谷遺法纂彙』藤永清徹編『解説帖外和讃集』『親鸞聖人全集』に、五首・九首・十三首・二首・十六首・八首・七首（三種）・十首・八首等が収められており、今後の研究にまつ点が多く、『続日本歌謡集成』にも未収である。

和讃の諷誦については、前記、名畑博士の文庫本解説が要を得ている。『大谷本願寺通紀』巻七「仏事諸式」中には、具体的にどの和讃が用いられているかを明らかにする記載があり興味深い。明応八年（一四九九）三月二十六日の信証院（蓮如）宗主荼毘式には念仏和讃として、初重―「無始流転ノ苦ヲステテ」（正像末和讃四八）二重―「南無阿弥陀仏ノ回向ノ」（同五〇）三重―「如来大悲ノ恩徳」（同五八）を用いており、「一云。無始流転等三首引。是蓮師遺命也。以来歴世皆用二斯式一」とあり、重要視されていたことがわかる。ついで、「正信偈早讃念仏」に、初重―「本願力ニアヒヌレバ」（浄土高僧和讃―天親三）二重―「五濁悪世ノワレラコソ」（同―善導一五）三重―「安楽浄土ニイタルヒト」（浄土和讃―讃阿弥陀仏偈和讃一八）、「正信偈念仏百返」につづく「和讃三首」として、「弥陀ノ回向成就シテ」（浄土高僧和讃―曇鸞一四）「往相ノ回向トトクコトハ」（同一五）「還相ノ回向トトクコトハ」（同一六）を用い、拾骨に当たっては、「浄土ノ大菩提心ハ」（正像末和讃一九）「度衆生心トイフコトハ」（同二〇）「如来ノ回向ニ帰入シテ」（同二一）を用いている。文明開板の功労者蓮如の荼毘に用いた和讃は、恐らく生前、愛誦したものに違いない。本願寺では、「浄土和讃」の巻頭二首の中の「誓願不思議」、「高僧和讃」巻尾の「南無阿弥陀仏ヲトケルニハ」、「正像末和讃」の夢告讃、「念仏誹謗」及び「悲歎述懐」以下の和讃を用いないが、高田派では、「悲歎述懐」の「浄土真宗ニ帰スレドモ」以下、五首を用いる。法会歌謡としての特殊な性格を究明するのも今後の課題であろう。

『三帖和讃』中、前二帖は、仏讃・法讃・僧讃の配列となる一大浄土讃歌の集成である。「正像末和讃」は、やや異質で、作者の内心からほとばしり出た密度の濃い信仰感動の卒直な告白である。今後、初稿本とされる「浄土和讃」「浄土高僧和讃」の集成過程を究め、さらに、「正像末和讃」の添加増補の過程を探求することにより、親鸞における人間形成の文学としての価値は一層高まることであろう。

〔補記〕その後、伊藤博之氏の労作『歎異抄三帖和讃』（『新潮日本古典集成』）が刊行された。「浄土」「浄土高僧」の二和讃の底本としては、国宝本、「正像末法和讃」の底本としては、顕智書写本を用い、頭注・解説ともきわめて有益である。

第三章　『梁塵秘抄』と仏教歌謡

一　「南天竺の鉄塔」讃歌——密教のうたごえ——

『梁塵秘抄』巻二　法文歌中の仏歌に次の二首がある。

南天竺の鉄塔を　龍樹や大士の開かずは　実の御法をいかにして　末の世までぞ弘めまし　（四一）

龍樹菩薩はあはれなり　南天竺の鉄塔を　扉を開きて秘密教を　金剛薩埵に受けたまふ　（四二）

本歌謡の注釈ないし特質については、従来あまり明確にされることが多くなかったので、本稿では、本歌謡典拠成立の背景を顧慮しつつその内容にふれてみたいと思う。さらに、一首の大日讃歌にも及びたい。

一　「南天竺の鉄塔」

本歌謡はともに、密教における鉄塔相承の大事を典拠にして成立したことはいうまでもない。龍猛菩薩（旧訳では龍樹、新訳で龍猛）が南天竺の鉄塔を開いて、金剛薩埵を拝し両部大経を相承したことを言うが、台密では『大日経』を塔外相承とし、『金剛頂経』のみを塔内相承とする点が異なる。依拠としては、金剛智三蔵の口説を弟子不空三蔵が筆録した『金剛頂経義訣』があげられる。それによると、南天竺に鉄塔があり、その塔下においてある大徳が『金剛頂経』を感得したことを記している。

その大経（金剛頂経）の本は阿闍梨（金剛智）の云く、経篋広長にして床の如し、厚さ四五尺、無量の頌あり、南天竺界の鉄塔の中に在りて仏滅度の後、数百年の間、人能く此の塔を開くことなし。鉄扉鉄鎖を以て之れを封閉す。其の中中天竺の仏法漸く衰ふる時、大徳ありて先ず大毘盧遮那の真言を誦持す、毘盧遮那その身を現じ及び多身を現ずることを得て、虚空の中に於て此の法門及び文字章句を説き、次第に写さしめ訖りて即ち滅す。即ち「毘盧遮那念誦法要」一巻是れなり。時にこの大徳持誦成就して、此の塔を開かんことを願って、七日の中に於て遶塔念誦し、白芥子七粒を以て此の塔を打つに、門乃ち開く。塔内の諸神一時に踊怒して入ることを得しめず、唯塔内に香灯光明一丈二丈、名華宝蓋中に満ち、懸列せるを見る。また讃の声の此の経王を讃するを聞く。時に此の大徳、心を致して懺悔し、大誓願を発して、然して後に此の塔中に入ることを得、入り已れば其の塔尋いで閉づ。多日を経て此の経王の広本一遍を讃す、食頃の如しとおもへり。諸仏菩薩の指授を得て、記持して忘れざるに堪へたる所なり。便ち塔を出でしめ、塔門還た閉づること故の如し。爾時に記持する所の法を書写するに百千頌あり。此の経を『金剛頂経』と名くるものなり。菩薩大蔵塔内の広本は世に

絶えて無き所なり。塔内の灯光明等今に至るまで滅せず。(『大正蔵』三九巻。いま訓読文に改める)

以上であるが、この典拠では、大徳が龍猛であることはいささかも記されていない。従って、荒井源司氏『梁塵秘抄評釈』に示す、安然の『教時義』所載の『義訣』では、その意味が説明出来ないし、また、『経』を『大日経』『金剛頂経』とし、「大徳」を「龍樹」と注している点も不可解である。志田延義氏の『梁塵秘抄』(『日本古典文学大系』)補注では、『義訣』にとどまり、龍樹の注に、鉄塔を開いて密蔵を受けた伝説にふれている点、首肯し得る点がある。

さて、『義訣』の記事を龍猛に関係づけたのは、弘法大師である点が重要である。大師は、『附法伝』の龍猛伝記中に『楞伽経』の文を引き、如来滅度の後、未来にまさに人あり、大慧諦かに聞け、人有って我が法を持するであろう。南大国の中において大徳の比丘あり、龍猛菩薩と名づけ、よく有無の見を破し、人のために我乗たる大乗無上の教法を説くであろうとの文を出し、大乗無上の教法とは密教であり、『金剛頂義訳』に示す大徳はこの経の大徳であるとした。さらに、前にふれた台密の五大院安然の『真言宗教時義』(『大正蔵』七五巻)第三にも、『義訣』にいう大徳は龍猛菩薩であるとしている。

南天鉄塔の解釈については古来三説ある。いわゆる一、事塔説　二、理塔説　三、事理融合説であるが、本歌謡は、一の事塔説、つまり、南天の鉄塔の歴史的実在を見る説に立っている点が注目される。

以下、定説化した栂尾祥雲氏の諸論によりつつ、その成立と背景を述べてみたい。五相成身説をとく『金剛頂経』は、『大日経』と並び、またそれ以上に正純密教の基本聖典であり、その先駆をなす『不空羂索経』は、北インドの菩提流支が洛陽に到着した長寿二年（六九三）以前に中国に請来されており、同経には『大日経』の要文が引用されていることから、『大日経』についで成立し、ついで、六八〇〜九年頃、『金剛頂経』が成立したとされる。三十二歳の折、南インドにわたり、七年間、同経の研究に従い、開元八年（七二〇）入唐した金剛智三蔵によって中国に請来されており、八世紀初頭には、南インドの一部に流布していたらしい。また、西蔵の所伝によれば、八世紀後半には、さらに東インドにまで至っていたものと推定されており、成立地として、南インドの駄那羯磔国の大塔—キストナ河の南岸のアマラーヴァティー大塔が指摘されている。この大塔は、二世紀の頃、案陀羅王朝の女王増長により建立され、『華厳経』入法界品に出る城東の沙羅林中の大塔廟処である。『四十華厳』にも、文殊菩薩が神通力をもって祇園精舎からこの大塔にまで、衆生を教化したことを記している。七世紀の中頃この大塔廟処に参詣した日照三蔵は、「この塔極めて大なり、東面に鼓楽供養すれども西面に聞こえず」（『華厳経探玄記』（『大正蔵』三五巻）とのべ、唐の興元元年（七八四）入唐したインド僧釈迦華は、『宋高僧伝』第三（『大正蔵』五〇巻）によれば、徳宗に謁して鐘一口を請い、大塔に安置しようとしたが、この塔を宝軍国毘盧遮那塔と称している。他、僧詳の『法華伝』にもその存在が記されている。ここに、いわゆる「南天竺の鉄塔」は実在の塔であることを知る。

『日本古典文学全集』中の『梁塵秘抄』は、新間進一氏の担当部分であり、近来の名著であるが、この「鉄塔」に関しては、「鉄鎖などで閉じこめ、厳重な装備をした塔か」と注している。現存遺物は大理石から成り、恐らく素材はローマ地方から輸入したものかといわれる。三蔵の所伝でも、土でもなく石でもない、また煉瓦でもないといわれ、仁済の『秘密決疑鈔』には、鉄塔の鉄は、黒鉄でなく白鉄であると述べているが、これは錫のことらしい。『大唐西域記』には、北インドの那掲羅曷国の醯羅城には白鉄の環からできた如来の錫杖があるところから、白鉄たる錫に似ており、金剛智は、白鉄塔といったものとしている。

さて、「南天竺の鉄塔」に関する『義訣』には「阿闍梨曰く」とあるとあり、当時、南インドに行われていた『金剛頂経』についての説話を、金剛智三蔵が弟子不空に語り、不空がそのままに記述したものである。

この説話中に見られる空中に現われた文字章句を写得して、『毘盧遮那念誦法要』一巻が成立したとするのは、善無畏三蔵が北インド乾陀羅国において空中に『大日経』七巻を感見したとする説話が混入したものであり、白芥子七粒をもって鉄塔を開扉し、入り已れば塔門が閉じたとするのは、『大唐西域記』第一〇巻に出るところの、清弁が駄那羯礫国の城南にある山麓にいた時、芥子を咒して石壁を開き阿素羅宮に入る話や、また、『法苑珠林』第五に記す、中インド膽波国にある阿修羅窟についての伝説を転用したもので、『金剛頂経』は、ある塔下に、ある大徳にもとづいて編成したという史実をもとに、潤色したものであるといわれる。

しかし一面、『一切如来真実摂大乗現証三昧大教王経』を初会とし、第二会以下に初会の経典に示された根本原理を詳説する十八部の大経の成立にまつわる文学性の高い神秘的説話であり、法文歌として歌謡化された意味も大きいと思われる。密教成立を示す偉大な龍猛を称讃するにふさわしい雄渾なリズムをもって直線的に歌われた歌謡であろう。

すでにのべたごとく、龍猛による『金剛頂経』塔内相承とあわせ、『大日経』も同じく、塔内において金剛薩埵より相承したものとするのが東密相伝の説である。『教王経開題』他にも金剛両部大経ともに鉄塔誦出とし、『義訣』をもととしつつも、鉄塔内は、まさしく毘盧遮那仏の法界宮殿であり、幾多の諸菩薩が止住されるとする。その中で、金剛薩埵の灌頂加持を蒙りあらゆる秘密の教法を受けたとしており(「附法伝」)、四一・四二の歌謡の典拠としては、弘法大師に始まる東密一家の説を背景として成立したものと考えるべきであろう。塔外相承説をとる台密にも諸義があるが、『大日経』を達磨掬多の所伝とし、龍猛は総じて胎蔵を伝えず、海雲・造意・円珍等は血脈として、大日―金剛手―達磨掬多―善無畏と次第して龍猛を認めていない。この説は広く台密に用いられるところである。となれば、四一・四二の歌謡において「実の御法」といい「秘密教」とするところからは、台密の所説とは考えられない。志田延義氏は、前記補注において、「台密所伝に少異」としているのは、多少の疑問の提示かとも受けとれる。

『大日経』は、七世紀の中頃、西インド羅茶国において成立し、隊商の経路に従って南・中・北のインド各地に流布し、八世紀の初めには、北インド勃嚕羅国の山間にまで広がっていた。その供養法である第七巻は前六巻におくれて成立したもので、善無畏三蔵が北インドで発見し、書写して四方に伝え、来唐の折にも携行したものと考えられるのであるが、密教としては塔内相承にたつ弘法大師の所論に従うのである。

つぎに、「南天鉄塔」の二、理塔説によれば、この鉄塔は現実の塔ではなく、『大日経疏』に「心為仏塔」となすと釈し、『附法伝』に、「此塔者非《ズ》二人力《ノ》所為《ス》一、如来神力《ノ》所造《ナリ》」とあるところから、『義訣』の文は深意を暗示したもので、鉄塔は龍猛の本有菩提心である。白芥子七粒をもって塔門をうったのは修生の菩提心を起こす意味であり、塔の門戸は、三妄の戒であって、これを開くとは、三妄即三部と開覚する義で、門が閉じたというのも還同本覚の義であると考える。これに対して、三、事理融合説がある。南天鉄塔は、龍猛菩薩感見の心外事塔であり、弘法大師の説からは心内理塔の法体とする。龍猛菩薩が如来の神力によって感見し、塔の中は周遍法界の宮殿で、自性法身仏は常に住し給う。南天竺にあるといっても、一処ではない。大日如来の三昧耶形である法界塔婆が龍猛の前に現われて菩薩を引き入れ周遍法界の智体を覚らせたものとする。したがって真言行者が鉄塔を見ようと欲するならば、遠く南天竺に行く必要がなく、道場修観によって随所に自在に感見できるとする。事塔、理塔にかたよることは密教的理解ではないとするのが東密の宗義である。

以上から、四一・四二の歌謡を考えるとき、やはり一の事塔説に立つと見るのが至当と思われる。法文歌が仏教歌謡として庶民の信仰を正しく受容したことはいうまでもなく、教理教義の理解よりも、それをもたらす内心の宗教体験にもとづくひたすらな救済を契機として発生し受容されたことが注目される。したがって、すでに述べたように、多くの説話的発想に立った「南天の鉄塔」を捉え、龍樹讃歌を生んだ基盤は、文学的発想につながるものがあり、密教讃歌としての価値も大なるものがある。しかも、ようやく庶民の間にも高野山参詣が盛行しようとする時代、南天鉄塔に模した高野山大塔をあおぐとき、ひとしお深い感動にひたったに相違ない。

二　「法界宮殿」

真言教のめでたさは　蓬窓宮殿隔てなし　君をも民をもおしなべて　大日如来と説きたまふ
（四五）

この歌謡も法文歌中の仏歌の末尾をかざる大日如来讃歌であるが、「蓬窓宮殿」に疑問が残る。原本は「ほうさうくでむ」で、一、「法蔵口伝」（佐々木信綱説）二、「法相口伝」（高楠順次郎説）三、「蓬窓宮殿」（常盤大定説）があてられ、三に従うのが通説であるが、今一つ仏教語として熟さない。もし、「法界宮殿」とすれば、意は速やかに通ずる。法界宮は、金剛法界宮で、『大日経』説法の説処であり、大日如来が理智をもって所在処として『経』を説いた。しかも、『疏』一には、「随《ウテ》二如来有応之処《ニ》一無《シ》レ非《ザルハ》二此宮《ノ》一不《ズ》三独在《ル》二三界之表《ニ》一」とある故、後考を期したいと思う。『日本古典文学大系』本では、補注に『夫木抄』の「……霰こそ蓬の窓の友となりけれ　西行」（山家集「蓬の宿」）、『和漢朗詠集』の述懐「よのなかは……宮も藁屋もはてしなければ」、『唯心房集』

の「月の影こそ世の常に見れどもあかぬものはあれ、春夏あき冬さまざまに宮も蒿屋もとりぐに」などが挙げられているが、必然的な意味としては解しがたいように思われる。

本歌謡の典拠としては、小西甚一氏は『梁塵秘抄考』に、『即心成仏義』を挙げる他、荒井源司氏は、『評釈』に、『大日経』の「我は即ち心位に同なり。一切処に自在にして普く種々の有情非常遍ぜり」を典拠の第一にあげており、『大系』でも、「真言宗では、衆生身即仏身とするが、大日如来は摩訶毘盧遮那即ち大光明遍照を意味し何よりも如来の知恵が一切の処に遍く内外昼夜の別のないことを説く」（大日経疏一）と注しているが、「君をも民をもおしなべて」の典拠としては直接結びつかないように考えられる。新間進一氏は、「貧富貴賤を問わずとするところに、密教が民衆に浸潤していく経路がうかがわれる」とするが、「君」と「民」をこのように捉えることが適当であろうか、尚考えるべきであろう。

この点について、栂尾詳雲氏は、『密教思想と生活』の「密教の生活」で、

国家の上に君臨し、ありとあらゆる各々個々の臣民を赤子の如くに、愛撫し統御する国王こそ、それがそのまゝ人体をもつて表現せる、大日如来に外ならないとし、これを大日金輪ともいふのである。而して、その大日金輪仏は王者の装ひをなし、その聖徳を象徴する金輪宝と、象軍を表する白象宝と、馬軍を表する紺馬宝と、四兵を主どる主兵臣宝と、宝蔵を主どる主蔵臣宝と、珠玉象珍を表する神珠宝と、輪王の婇女を表する王女宝との、七宝を以つて、囲繞せらるゝことになつてゐるのである。

と述べている。この説は、『金輪時処儀軌』(『大正蔵』一九巻)によるものである。書は、不空訳で、弘法大師・円仁・円珍の請来による大日金輪の儀軌で即身成仏の深旨を説いた秘経であり、五言の偈頌よりなる詩的表現によっている。また、櫛田良洪氏は、『真言密教成立過程の研究』の中の「鎮護国家の思想」のなかで、曼荼羅世界観に立てば、国家の現実的顕現は、君主に対する現実身の地位の附与となり、密厳浄土の君主となる。従って、万民は、宇宙法身たる大日如来の差別法身で、大日如来の種々の功徳が万有となって顕現したものとし、大日法身が主、万有は伴であり、君主が大日法身の差別身たる部分で、君主は主、国民は伴となる。君主が国家万民の主体であれば、人民はその心所となり、君主の心を旨として継属するものであると述べている。そして、弘法大師の管平章事の為の願文、「夫《レ》君臣唱和《スルコトハ》　首足相似《タリ》、見《テ》レ危《キヲ》尽《ス》レ命《ヲ》不レ可《カラ》二戸黙《ス》一」を示し、本歌謡をあげており、さらに、この思想は大師の『仁王経開題』に明瞭である旨を記している。以上により本歌謡の特質と背景を明らかにすることができよう。

さて、仏歌の冒頭は、

　釈迦の正覚成ることは　このたび初めと思ひしに　五百塵点劫よりも　彼方に仏と見えたまふ　（二二）

の一首であるが、いうまでもなく、『法華経』「如来寿量品」を典拠とするもので、「経」本門にとく久遠成仏の讃歎歌であり、末尾の「真言教のめでたさ」と対応していることが知られる。しかも、劇的転換の世に生を享け、有為転変極まりない相剋の時代に君臨した後白河院の編集である『梁塵秘抄』を考えるとき、四五の歌謡は、院にとって一つの政治観であり、それを裏づける宗教観でもあったものと思われる。編集には当然意図があってしかるべきであり、天台と東密の受容は、院の宗教生活に密着していたといえよう。

以上、東密に関する三首の法文歌について、いささかの考察を試みた。

注　栂尾祥雲「アマラヴチ塔の位地並びにその発掘」—『宗教研究』第十六号（大正一四・三）、および『秘密仏教史』。大山公淳氏も『密教史概説とその教理』において栂尾説を全面的に首肯されている。なお『金剛頂経義訣』の訓読は、『秘密仏教史』によった。

二　崑崙山の歌謡――西域憧憬――

『梁塵秘抄』雑法文歌に崑崙山の歌謡が二首並列されており、特に注目を引くが、この二首の注釈・解釈、また並列の意図・特質に関する究明はきわめて不十分であったように思われる。筆者とても断案はないが、本稿において多少の論究を試み新しい視点を加えてみたいと思う。

本文は、次のとおりである。

崑崙山には石も無し　玉してこそは鳥は抵て　玉に馴れたる鳥なれば　驚く景色ぞ更に無き（二二九）

崑崙山の麓には　五色の波こそ立ち騒げ　華蔵や世界の鐘の声　十方仏土に聞こゆなり（二三〇）

二三〇の歌謡中の「華蔵」は原本「華蓮」とあるが、すでに佐々木信綱は、『華蓮』は『華蔵』ならむ」（『梁塵秘抄』大正元年刊）とし、以来本文は確定したと考えられてきた。「や」を間投助詞として、「華蔵世界」と解し、蓮華蔵世界のことと解する。ただ、榎克朗氏は、『日本古典集成』本において、本文を「華蓮」としつつも、頭注に、未詳。「華蔵」の誤写と見て、華厳世界すなわち毘盧遮那仏の浄地とも解せられるが、「鐘の声」との連関に疑問が残る。

と記しているのが注目される。「華蓮」の語は、『左氏伝』「魏都賦」にすでに出る語であり、本文を訂せずとも一応意味はとれようが、仏教語としては所出しないようである。

本二首の歌謡中、前者は、中国の神話伝説にもとづくものであり、後者は、古代インドの神話伝説にもとづく仏教思想であり、ともに西域幻想の歌謡として豊かな価値を持つものと考えられる。小西甚一氏の『梁塵秘抄考』の説には、以上の二点が混在しているため内容は明確を欠く点が多いが、『山海経』に着目している点に特質が認められる。諸家の注釈では、中国神話との関連をほとんど考慮に入れていない点が惜しまれる。古代中国における神話に表れる崑崙は、山岳信仰のみにとどまらず、西方憧憬思想と結びついていることは十分に考えられるが、古くインドの Sumeru と密着し、須弥山と同じとし、さらにギリシャのオリンポスと同根であるとする説もあり、誠に興味深い。

一　仏説における「崑崙山」

崑崙山は、古くパミール高原一帯の総称であったが、特に香山・香酔山、また香水山、香積山ともよぶ。Gandhamādna（チベット語、sposkinada-idan)。現在のヒマラヤ山脈中、マーナサ（Manasa）湖の北岸のカイラーサ（Kailāsa）山を指すといわれる。古代インドにおけるヒンドゥイズム形成過程の中で、土着信仰の吸収が多く見られ、多くの神々が現われた。その中で、1　梵天(Brahman)　2　毘紐天（Viṣṇu）　3　湿婆天（Śiva）はもっとも尊崇されたが、この三神の中2、3は次第に神話化され個性的な文学創造が行われた。2は、唯一神世尊（bhagavat）を信じ、その恩寵によりすべての人が救済されるとする一方、化身説をとることにより広く民衆に摂取されることとなった。3は、元来山神であり、生産の神である母神と一体化し、世界の創造者、豊饒の神としてあがめられる一方、世界の破壊を司る恐怖の神でもあった。『リグ・ヴェーダ』では、シヴァは「吉祥」の意味であり、暴風神ルドラ（Rudra）の尊称として用いられ形容詞とされる。辻直四郎氏は、(1)ルドラの歌について、

モンスーンの強烈な破壊力と、その後にくる爽快の感に基づく神とされる。恐ろしい半面に医療の恩沢をもほどこす。リグ・ヴェーダにおいては、ヴィシュヌと同じく、とくに有力な地位を占めず、独立讃歌は三篇をかぞえるにすぎない。しかし後世、ヒンドゥー教の信仰界を、ヴィシュヌと二分する最高神シヴァの前身として注目に値いする。(2)

と述べている。シヴァ神は、総計千八個の異名があるように、土着性との密接な関係を示すものであり、破壊力、恐怖をあたえる「恐ろしい殺戮者」（Bhairava）、「悪鬼の王」（Bhūtésvara）として捉えられる反面、破壊は再生につながるというヒンドゥーの考え方から、生殖・生産・再生をつかさどる「偉大な神」（Mahādeva）「家畜の主」（Paśupati）「恩恵をあたえるもの」（Śaṅkara）ともよばれる。

また、シヴァ神は、カイラーサ山で秘境的な寂静の中に深く瞑想する「偉大な苦行者」(Mahā-tapas)であり、「ガンジス河をささえるもの」(Gaṅgādhaha)であり、「踊りの主」(Naṭarāja)としても崇拝されるようになった。

さて、ヒマラヤ山脈の西北端に位置するカイラーサ山はまた、忉利天王、帝釈天の乗御である善住象王、並びにその執楽神で乾闥婆王等の住処であると信じられていたようである。『リグ・ヴェーダ』の讃歌の四分の一に及ぶインドラ(Indra)は自然神として雷霆神の神格を持ち、仏教に入って釈提桓因、帝釈天となり、梵天とともに仏法の守護神となったことは周知の事実である。辻直四郎博士によれば、『リグ・ヴェーダ』の神格中もっとも鮮明に擬人化された武勇神・英雄神であり、古く小アジア・メソポタミヤにまで知られた神で、イランにおけるインドラは、ザラスシュトラの宗教改革の結果悪魔の列におとされたとする。

しかしながら、氏の指摘するインドラの神話の背後にある、大宇宙の創造・維持に関する意義、強敵を屈服させると同時に、彼の信者に対するきわめて寛大な態度から、仏教に摂取された意義もまた大きいものがあったと思われる。そして、ここに古代インドの宇宙説である須弥山説も生まれ、南はわれわれ人間の住む南閻浮提となる。山には、香木が茂り、頂上には帝釈天を主とする三十三天の宮殿、半腹は四天王の住所で七香海七金山が周り、日月は山の中腹をめぐるとされる。プラーナの世界観では、ジャンブドヴィーパ(Jambudvīpa 閻浮提洲)の中心部にメール(Meru)と呼ばれる高さ一四・四キロメートルにおよぶ黄金の山があるとするが、仏教の世界観では、スメール山が宇宙の中心で、ジャンブドヴィーパは、その周囲の四つの洲の一つとする点が異なる。古代インド思想から仏教の世界観にいたるまで、峨々たるヒマラヤ(雪山)はその神秘性と崇高さ、清浄さ、流れ出す生活の源泉である水によって、多くの自然神の物語を形成したのである。

二 「崑崙山の麓には」

本歌謡の崑崙山が、仏教の須弥山の香酔山をさし、香山がカイラーサ山とすれば、その麓の池とはマナサルワ湖、アナヴァタプタ(Anavatapta)、つまり、阿耨達池と考えなければならぬ。阿耨達池の記述は、経に多く見られるが、いま、本歌謡の理解に必要な部分をあげてみよう。『長阿含経』巻一八(世記経・閻浮提洲品)につぎのように見られる他、『大楼炭経』『起世経』『起世因本経』などにも類似の表現が見られる。

その水清冷《せいれい》にして澄み浄く無穢《むえ》なり。七宝の砌畳、七重の欄楯、七重の羅網、七重の行樹、種々の異色、七宝にて合成す。その欄楯とは金欄銀桄《きんらんぎんこう》、銀欄金桄《ぎんらんきんこう》、琉璃欄水精桄《るりらんすいせうこう》、水精欄琉璃桄《すいせうらんるりこう》、赤珠欄馬瑙桄《しやくじゆらんめなうこう》、馬瑙欄赤珠桄《めなうらんしやくじゆこう》、車渠欄衆宝《しやこらんしゆほう》の所成なり。金網銀鈴、銀網金鈴、琉璃網水精鈴、水精網琉璃鈴、車渠網七宝の所成なり。金多羅樹は、金根金枝、銀葉銀果なり。銀多羅樹は銀根銀枝、金葉金果なり。水精樹は水精根枝、琉璃花果なり。赤珠樹は赤珠根枝、馬瑙葉、馬瑙花果なり。車渠樹は車渠根枝、衆宝花果なり。阿耨達池《あぬくたち》の側《ほとり》に皆園観浴池《みなをんかんよくち》あり。衆花積聚《しやくじゆ》し種々の樹葉花果繁茂す。種々の香風芬馥《かうふうふんいく》として四布す。種々の異類の諸鳥、哀鳴相和す。阿耨達池の底には金沙《こんさ》充満《じゆうまん》す。その池の四辺には皆梯陛《ていへい》あり。金桄《こんこう》、銀陛《ぎんへい》、銀桄《ぎんこう》、金陛《こんへい》、琉璃桄、水精陛、水精桄、琉璃陛、赤珠桄、馬瑠陛、馬瑠桄、赤珠陛、車渠桄、衆宝陛なり。池を遶《めぐ》る周匝《しゆうそう》に皆欄楯《みならんじゆん》あり。四種の花を生ず。青黄赤白《せいわうしやくひやく》なり。雑色《ざつしき》の参間華《さんけんけ》は車輪の如し。根は車轂の如し。(4)

など、特に阿含部の経典にリアルな描写があり、詩的ロマンが感じられる。「崑崙山の麓には五色の波こそ立騒げ」は、まさに現実とロマンの世界とを一にして織りなした詩的世界であるように思われる。

従来の解釈では、まず、小西甚一氏が、『梁塵秘抄考』において、『淮南子』『山海経』を引き、崑崙の周囲を流れめぐる赤水・洋水・里水・弱水・青水をもって五色の波を説明しているが、後に述べるように、『山海経』に見える崑崙山は、もともと中国神話にもとづくものであり、思想の背景淵源はどうあろうとも、一応区別して考えるべきであろうと思われる。

ついで成った荒井源司氏の『梁塵秘抄評釈』では、『王子年拾遺記』の、

崑崙山者西方曰フ二須弥山一対ト二七星之下一出シテ二碧海上一有リ二九層一、第六層有リ二五色玉樹一、蔭翳五百里
夜至リテ二水上一其光如シレ燭ノ、第三層有リ二禾穟二一株満ツレ車ニ。

をひき、「崑崙山の麓の海は五色の玉樹の色が映って、五色の波が立ち騒いで居る」との意である旨を述べ、語解には、「八功徳水は五色の光を放つ」としているが、未だその典拠を知らない。また、小西説を「地理的、即実的な崑崙山では、下の『華蔵世界』との釣合がとれない」とする

が、『山海経』の性格が十分に理解されていないようである。さらに、崑崙山を香山に見立てるのは、『倶舎論』、『大唐西域記』、『南山戒疏』等であるとし、「これに現われる崑崙山の麓には、阿耨達池（無熱悩池）があり八功徳水が盈満して五色の光を放って居るといふのである」とする点も、崑崙山を香山・香酔山ともいうのであって、「これ」には、氏の言うそのままの記載は認められない。そこで「香山でも華蔵世界には釣合はぬと思って王子年拾遺記の須弥山説を取った」とするのだが、須弥山説への見立てとするのは不可解であり、『王子年拾遺記』を根本資料とするのも論外であろう。

ついで、志田延義氏は、『日本古典文学大系』本において諸注を集成整理し、下二句との関係から「華蔵世界は、釈迦如来の真身毘盧舎那仏の浄土を言い五色の波はその香水海のそれとも見れないことはなかろうが、この香水海に生ずる大蓮華中に微塵数の世界を包蔵するゆえに蓮華蔵世界と言う」としつつ、「釈尊成道の閻浮提洲の香山の麓の阿耨達池には五色の波が立っている」と注し、直接、阿耨達池の五色の波については触れていない。

新間進一氏は、『日本古典文学全集』で、まず、「五色の波」について「青・黄・赤・白・黒の五色。崑崙山麓より分流する四河（黄河・赤水・黒水・洋水）などから連想したか。香山の阿耨達池の波、須弥山の五色の玉樹が麓の海に映る色とする説もある」と記すが、いわゆる五色の河ではなく、また『山海経』と密着させるのは賛成しがたい。疑問表現とはなっているものの、もし、この説を第一義的に立てるとすれば、蓮華蔵世界とは結びつかないと思われる。

以上の点をふまえ、榎克朗氏は、『日本古典集成』本で、「五色の波」を未詳としていることも十分に理解し得る。

さて、筆者は、前記、阿含部経典の記事に具体的描写が表れる点から、仏教に影響を与えた古代インドの思想をふまえつつ、香山と阿耨達池への憧憬を宗教的イメージに結びつけた表現であると考える。『長阿含経』に見える青・黄・赤・白、それらが雑色となるとすれば、あるときはグレイになって、いわば黒色にまがう色をつくり出すこともあろうし、池中に映じて五色の波と形容することも無理ではあるまい。また、水中の青・紅・白・黄の蓮華が五色の浪を立たせるといってもよい。五色の波の中に必ずしも黒色の波がなければならぬということもないであろう。密教では、金剛界五色次第の一説に、白・青・黄・赤（紅蓮花）・黒（雑色）ともする。(3)もっとも、『大唐西域記』には、阿耨達池を、「香山之南、大雪山之北にありて、周囲八百里なり。金銀瑠璃頗胝もてその岸を飾れり。金沙は弥漫し、清波は皎鏡たり」と記している。(4)古代インドの人々が見はるかすヒマラヤの彼方に想像した、母なるガンジスの源泉阿耨達池は、現実のマナサルワ湖であるとする説もあり、ガンジスは、直接ではなくその南方を水源とするわけだが、中国からインドへと求道の旅をつづけ、また逆に、インドから、チベットへ、中国へと伝道の旅につく求道者が現実に見たカイラーサ山、マナサルワ湖の感動は一層深いものがあったであろうし、夢は現実と化し、心は信仰の歓喜にひたったに違いない。その点を明らかにするために、わが国近代の生んだ最大の仏教紀行文、河口慧海の『チベット旅行記』を引用してみよう。

マナサルワ湖　の端に到着した。その景色のすばらしさは、実に今眼に見るがごとく豪壮雄大にして、清浄霊妙の有様が躍として湖辺に現れている。池の形は八葉蓮華の花の開いたごとく、八咫の鏡のウネウネとウネっているがごとく、しかして、湖中の水は澄みかえって、空の碧々たる色と相映じ、全く浄瑠璃のごとき光を放っている。ソレから自分のいる処より西北の隅に当っては、マウント・カイラスの霊峰が巍然として碧空に聳え、その周囲には小さな霊峰が幾つも重なり重なって取り巻いているその有様は、五百羅漢が**シャカムニ仏を囲み**　説法を聞いているような有様に見えている。なるほど天然の曼荼羅であるということは、その形によっても察せられた。そこへ着いた時の感懐は、飢餓、乾渇の難、渡河瀕死の難、雪峰凍死の難、重荷負載の難、漠野独行の難、身疲足疵の難等の種々の苦難も、スッパリとこの霊水に洗い去られて、清々として自分も忘れたような境涯に達したのです。そもそもこの霊場マナサルワ湖は、世界中で一番高い処にある湖水で、その水面は海上の水面を抜くこと実に一万五千五百尺以上にある。この湖水の名をチベット語でマバム・ユムツォーといっている。また梵語には阿耨達池といい、漢語には無熱池としてある名高い湖水であります。この池については仏教にも種々の説明があって、現に華厳経には詩的説明を施しておるのです。実にその説明のしかたが面白い。それによると、インドおよびチベットの或る地方を称して、南贍部州という名の起りも、この池から出ているのである。贍部というのはジャンプという水音を表している。その音は何故に起って来たかというと、この池の真ん中に大きな宝の樹があって、その樹に実が生っている。

その実は如意宝珠　のごときものであって、諸天と阿修羅とは、その実を得るのが非常の喜びである。ところが、その実が熟して水中に落ちる時分にジャンプと音がする。その水音に因縁してインド地方をジャンプ州といったので、何故その水音に因縁しているかというに、昔はこの池からして、インドの四大河が出て来たものであるという説明であったです。その四大河というのはチベットの名では、東に流れるのをタム・チョク・カンバブ（馬の口から落ちているという意味）といい、南に流れるのをマブチャ・カンバブ（孔雀の口から落ちているという意味）といい、西に流れるをランチェン・カンバブ（牛の口から落ちているという意味）といい、北に流れるのを、センゲー・カンバブ（獅子の口から落ちている）という。この四つの口がこの池の四方にあって、ソレからこの四大流が、インドに注いで来たのである。デこの水が、インドへ指して来てインドを潤しているから、ソコでこの四大河の根源の池のある所のことを取って、この地方全体の名にすることは当り前のことであるという考えから、ジャンプ州という名をつけたものである。今でもその河は、インドでは皆霊あり聖なる河であるとしている。その経文に書いてある詩的説明によっても

東の河には瑠璃の砂　が流れている。南の河に銀砂が流れている。西の河には黄金の砂が流れている。北の河には金剛の砂が流れている。デその河はこの池のグリルを七遍巡り巡って、ソレから前にいった方向に流れ去るとしてある。この池の中には、今は眼に見えないけれど

も池中に大きな蓮華が開いておって、その蓮華の大なることは極楽世界の蓮華のごとく、その蓮華の上に仏も菩薩もおられるのである。ソレからその近所の山には百草もあれば、また極楽世界の三宝を囀ずる迦陵頻伽鳥もいる。その美しさといえば

世界唯一の浄土　であるのみならず、河の西北岸に立っているマウント・カイラスの中には、生きた菩薩や仏もおられ、ソレから生きたところの五百羅漢も住んでおられる。また南岸にあるマンリーという霊峰には、生きた仙人が五百人もおって、この南ジャンプなどにおいて天上の無上の快楽を尽くしているのであると、こういうような説明が沢山ございまして、誠にその説明を見ますと、ソウという処に行ってみたいような心持がするです。けれども実際来てみますと、ソンなに形容してあるようなものはないです。ただ先に申しましたような、豪壮なる清浄なる景色は確かにあって、霊地である霊妙の仙境であるという、深い感じが起ったのです。その夜などは碧空に明月が輝いて、マバム・ユム・ツォーの湖水に映じ、その向うにマウント・カイラス山が仏のごとくズンと坐りこんでいる。その幽邃なる有様には、殆ど自分の魂も奪われてしまったかと思うばかりで、いまだに眼について、思い出すと心中の塵は、ことごとく洗い去らるるかの感にたえぬのでございます。

四大河の源泉　マナサルワ湖の絶景に見とれて記念のため歌を詠みました。

（東なる八咫の鏡を雪山の阿耨達池に見るは嬉しも）

（ヒマラヤのチイセの峰の清きかな阿耨達池の影を宿せば）

（ヒマラヤのサルワの湖に宿りける月は明石の浦の影かも(5)）

従って、本歌謡には、理想への憧憬とロマンあふれる信仰の感動が、自然と一体化して表現されていると考えられる。現代でも、カイラーサ巡礼は、チベット人の終生の念願である。

次は、下二句の解釈であるが、まず、従来の解が不審に思われることは、「十方仏土に聞ゆなり」の「なり」をおおむね断定に訳している点である。ただし、『日本古典文学全集』では、「一ことだ」と伝聞に解している。新間氏のいう「『五』と『十』との対比が生きている。二つの理想界のさまを聴覚的に描き出した」と解すると、一・二句と三・四句に断絶を認めることになる。新間氏は、後者を「蓮華蔵世界。毘盧舎那仏の浄土」と解し、前者の「崑崙山」について明確な指摘はないが、中国神話の「崑崙山」に比しているように思われる。そして、三・四句のみを伝聞に解している点に特色が見られる。筆者の解も、結論的にいえば、「蓮華蔵世界の鐘の音は、十方仏土にひびきわたるということだ」と伝聞の意に解する立場に立つことは、文法上当然のことである。

ここで、『考』の解釈にさかのぼってみたい。「華蔵や世界」について、『大方広仏華厳経』「華蔵世界品之三」として、「華厳世界海、法界等無別」以下の偈を引くが、これは「華蔵世界品」第五之三末尾の偈である。そして、「華蔵世界」について説明し、

従って「かねの声」はその大法音を梵鐘の響きに比したものと見てよいが、或は「のりの声」の誤写かも知れない。崑崙山麓の五色の波と対比した意味はよくわからないが、西王母の居

所である崑崙山を五情迷妄の世界と見、毘盧遮那如来の浄土たる華蔵世界の無漏実相に対蹠させたものでもあろうか。

と述べているが、中国神話との混交があるのは、先に記したとおりである。

次に、『評釈』は同じく「華蔵世界」について説明し、『経』「華蔵世界品」第五之一冒頭の「此華蔵荘厳世界。此毘盧遮那如来」以下を引く。尚、三・四句の典拠として、『晋訳華厳経』（六十華厳）の「世間浄眼品」「光明覚品」（「如来光明覚品」）「華蔵世界品」を引くが、『晋訳華厳経』には、「華蔵世界品」はない。

荒井氏は、下二句を譬喩とし、「仏法の理が世界に普遍して衆生を救済する言を云ふ」とし、「仏理が鐘の音に譬へられた」例として、

更以《ニテ》二一部之楽懸《ヲ》一、将《ニ》レ驚《サント》二十方之仏界《ヲ》一（本朝文粋願文、実綱朝臣）
上従《ヒ》二有頂《ニ》一下抵《ル》二阿鼻《ニ》一、因《ツテ》二此一音《ニ》一救《フ》二彼《ノ》羣類《ヲ》一（本朝文粋施無畏寺鐘録）
鳴る鐘の声を掲げてこそ、十方の聖をば驚かし奉りけれ（醍醐三宝院部類表白）
三下の梵鐘を鳴てぞ三世の仏を驚かし奉る。三業の勧め妙なりと照し給て三毒の塵垢を除かるべき者なりけり。（仏名会大導師法則）

をあげるが、これは極めて当然の理で、特に密教法界の鈴が仏陀説法の徳を示し、あるいは諸尊を驚覚し、歓喜させるために用いるところから、鐘にまで拡大解釈されたものとしてよい。さらに、小西説の「のりの声」の誤写説を否定し、「或は是は大寺院を阿耨達池の波、華蔵世界の鐘

にたぐへて讃美したのではあるまいか」とし、『栄華物語』音楽の描写をあげて、「この法成寺の嘆美を誇張すればこの歌謡になるであろう」とするのは興味ある意見であるが、根拠は極めて乏しく説得性はない。譬喩とするのも、「なり」が、伝聞・推定である点から理解し難い。

ついで、志田氏は、『日本古典文学大系』本の補注において、蓮華蔵世界の説明ののち、

梵網経によれば盧遮那仏化して千釈迦となり千釈迦各百億の釈迦と化するのであるから、第一・二句で釈尊成道の閻浮提洲の情景を歌い、その真身の浄土の情景と対比すると同時に、両者の相即関係即ち菩提樹下即蓮華蔵世界、娑婆即浄土を歌うと見るべきであろう。

とし、荒井氏と同じく、『唐訳華厳経』（八十華厳）八の冒頭部分を引いている。蓮華蔵世界の解釈には、大きく『華厳経』の説と『梵網経』の説とがあり、さらに、『摂大乗論釈』の説、華厳宗の説、浄土教の説、東密の説があることはすでに知られるとおりである。この点で、志田説には、新鮮な受容が見られる。特に、東大寺の大仏の蓮弁に刻した千釈迦百億の小釈迦は、『梵網経』の説によったもので、華厳信仰との結びつきの重要さがわかる。他、京都法成寺金堂の大日如来の蓮座、法勝寺毘盧遮那如来所坐にも、百体の釈迦を刻したことが知られる。

さて、華厳世界の鐘の声が十方仏土に聞こえるとは、「華蔵世界品」第五之三末尾の偈「仏《ハ》於《テ》二清浄《ノ》国《ニ》一示二現《シテ》自在《ノ》音《ヲ》一十方法界《ノ》中《ニ》一切無《シ》レ不《ルコト》レ聞《カ》」によったものと考えてよかろう。『長阿含経』巻一八には、香山について「其《ノ》山《ニハ》常《ニ》有《リ》二唱伎音楽之声一」とあるのが思い出される。『梵網経』に説く蓮華蔵世界は、千葉の大蓮華からなり、一世界である一々の葉に百億の須弥山・四天下・

南閻浮提などがあり、毘盧遮那仏が本源として華台に坐し、自身を変化させて百億の菩薩・釈迦となって、各南閻浮提菩提樹下に坐して法門を説くという。『華厳経』の説は、世界の最底に風輪があり、その上の香水海の中に一大蓮華があるとする。そして微塵数の世界が二十重に重なる中央世界を中心に、百十一程の世界が網の目のようにめぐって世界網をつくり、各自衆宝でかざられ、仏がその中に出現し、衆生もまたその中に充満する広大無辺の世界であるとする。筆者は、志田説の価値を十分に認めるものであるが、本歌謡の末尾「なり」を伝聞に解する場合、唱導的性格の豊かさを有することを指摘したい。従って、そのままを率直に解し、

崑崙山の麓の阿耨達池には五色の波が立ちさわいでいる。そして、この蓮華蔵世界の鐘の音は十方の仏国土にひびきわたって聞こえるそうだ。

と人々の心に崑崙山の姿を鮮かにうかび上らせるイメージ豊かな歌謡と解したい。そして、『長阿含経』他に見える崑崙山の描写や蓮華蔵世界の詩的表現をとり入れつつ、唱導の中から生まれ出た歌謡ではないかと考える。崑崙山にいだく宗教的ロマンの歌謡化、また崑崙山讃歌といっても過言ではあるまい。

また、同じく「なり」の伝聞説に立てば、そこに考えられるのは、「華厳変相」の世界である。河口慧海は、一大曼荼羅世界を現実に見たのであるが、本歌謡に、絵解きの和讃としての性格を見出すことも許されてよいと思われる。華厳変相は、毘盧遮那華蔵世界図ともいわれ、唐の初め以来盛んに作られたものである。初めは、晋訳の七処八会の説によったものであるが、のち唐訳

による七処九会の図像が描かれるに至る。中国敦煌の千仏洞の第八・第百二・第百十七・第百十八・第百六十八の諸窟には、七処九会の壁画変相数種が存在する。日本では、天平十四年（七四二）に、十代天皇のために奉った、前律師道慈法師、寺主僧教義等造営の七処図の事が記されており、『高山寺縁起』三重宝塔の条に、「四柱の図絵は華厳海会聖衆曼荼羅なり」とし、同禅定院の条にも「又左右の壁に華厳曼荼羅」と記しており、華厳信仰の中で、多くの変相が描かれたことが知られる。(6) 本歌謡の如き、何等かの「華厳和讃」なるものがあり、その影響下に成ったものかとも考えられる。今、その根拠を明らかにし得ないのは惜しまれるが、川口久雄氏(7)の論によっても十分に可能性を推論し得ると思われる。

三　中国神話に見る崑崙山

順序が逆になったが、二二九の法文歌、「崑崙山には石もなし」の解について、『考』は、原典として、『江都督納言願文集』の「崑閬之岡、抵《ツ》レ鵲《ヲ》手自掘《ラル》レ玉《ヲ》　功徳之余、亦資《ス》ニ我身《ニ》一。」をあげたことは有意義であったが、「崑崙山」の語解として、『仏説興起経』序を用いた点、二三〇の歌謡の「崑崙山」と同意として考えたものであろう。「玉してこそは」については、『塩鉄論』「崇礼第三十七」の、「崑山之傍以《テ》ニ玉璞《ヲ》一抵《ツ》ニ烏鵲《ヲ》一。」をあげている。ついで、『評釈』は、『考』の他、『劉子新論』の「崑山之下、以《テ》レ玉《ヲ》抵《ツ》レ鳥《ヲ》、彭蠡之浜、以《テ》レ魚《ヲ》食《マス》レ犬《ニ》。」を加えている。〔語解〕では、「崑崙山は支那の西蔵新疆の地にある山」とし、現実にある山をあてている。そして、「古代の

支那印度では美玉の産地として神秘視した」とし、『史記』「大宛伝」を引き、『塵添嚢壒抄』の、

　彼の山は一山挙りて良玉也。されば土石皆玉なれば、崑崙は悉美玉也と云ふ心歟。此の山は天竺にあり。

とし、「仏典では香山の別名と言ひ、黄金宝石の所成とする」と述べているが、ここでも仏説の崑崙山と同一視しており、極めて理解しがたい解説となっている。ただし、〔通説〕では、崑崙山は、片玉さえ天下一と称せられたので、物多ければ貴からずの譬として「以レ玉抵レ鳥」の句が生まれ、このような伝承の間から生まれた歌謡と指摘している点は十分理解しうる。

ついで、『日本古典文学大系』本は、前記『劉子新論』『塩鉄論』『江都督納言願文集』をあげ、「崑崙山は、古代の漢籍では西方にある高山、仏典では閻浮提洲中心最高の山で香山と同一という」とし、明確に区別している点を評価したい。

ついで、『日本古典文学全集』及び『鑑賞日本古典文学』『歌謡Ⅱ』に収載されている新間氏の解に及びたい。まず、崑崙山を、「中国古代の伝説の山。美玉の産地とされた神秘境」（『歌謡Ⅱ』以下同じ）としたのは適切であり、本歌謡の解釈を一歩進めたものということができる。ただし、「今の崑崙山脈、ヒマラヤ山パミール高原一帯の地の総称か」とするのには必ずしも従いがたい。「玉してこそは鳥は打て」には、すでに諸注所引の『新論』を引き、

　「崑崙山には美玉が多いので鳥をうつにも玉を以てする」という比喩、これは漢籍に見え、物多ければ尊さを減ずるという故事であるが、これによって、第一・二句を作り、さらに、

これに詩的発想を加えて作り出した歌謡である。
と述べ、『全集』本では、「雑法文歌にはいっているが、仏教色は見られない」と述べている点が注目されるが、『歌謡Ⅱ』では、二三〇との関係について、

不可思議の仙郷に対する憧れ、エキゾチックな神秘感をたたえて、これらの歌謡が成立する。山麓に五色の波の立ち騒ぐ崑崙山、そこに棲息する鳥の群れ、玉に馴れてとんでくる玉にも驚かぬ鳥……。

と記している点には、にわかに同じ難い。二三〇の歌謡については、すでにその内容を明らかにしたので、再びふれないが、一つの崑崙山と見るのは誤りであり、中国神話伝説における崑崙山と仏説における崑崙山の区別を明確にすることが必要である。この点、『日本古典集成』本も、崑崙山を「閻浮提の中心にあり、宝石から成るという山。また、中国西方にあると考えられた霊山で、西王母(不死の薬を持っていると信ぜられた女神)の住む所とされ、美玉を産するとも伝えられた」と述べている。西王母伝説にふれている点は注目されるが、ここでもまた、仏説と中国神話が混交している。

さて、本歌謡の背景をなす崑崙山とは、いったい何か。まず崑崙山脈をいうのでないことは明らかである。以下、森三樹三郎氏『中国古代神話』(8)、貝塚茂樹氏『中国神話の起源』(9)、白川静氏『中国の神話』(10)によりながら、その内容を明確にしていきたい。

中国神話はまず『楚辞』の「天間篇」に見られる。西方の崑崙の山は、百神の住む世界で、そ

の山頂にある県圃は天に通ずる。そして、九層の城には四方に門があり、西北だけが開かれている。そこには、不断に燭龍がかがやき、太陽の没する若木は常に明るく光る。冬暖かく、夏寒く、石の林、ものいう獣、熊を負うて遊ぶ龍、九首の蛇、不死の人、長人の住む国があり、象を呑む霊蛇がいる。黒水のほとり、三危の山に住めば、不死の生命がえられるというパラダイスである。西域を通して、西方の草原と沙漠を越えて中国にもたらされた文化は、西方に対する神秘感を呼びさまし、やがて西王母説話を発展させた。そして、神々の世界が西王母が住むと伝えられる崑崙を中心にして展開され、『山海経』の神話は崑崙に集中するが、前漢初期までは、西王母とは必ずしも結びつかず、西王母の居処も一定していなかったといわれる。崑崙山は、美玉の産地、黄河の水源として著名であり、たまたま、西方にあるという点で結びついた。

道家思想によって諸子百家を折衷しようとした『准南子』の「原道訓」に、水神の馮夷太丙は雲車にのり、雲蜺に入り、微霧に遊び遠く高きを極めて往き、霜雪を経て迹なく、日光に照らさるるも景なく、崑崙にあがり天門に入ると記している。崑崙山説話として最初のまとまりを見せたのは『山海経』で、崑崙山は帝の下都として、天帝降臨の場と考えられ、一種の恐るべき魔境とされたが、同じく「海内西経」になると、高さ、広さなど構造が示され、『准南子』「地形訓」になると描写精細となり、崑崙説話の完成を思わせるといわれる。つまり、規模の雄大さと神仙説的要素が加わる。その二倍の高さにある涼風の山に登れば、不死となり、その上の懸圃に上れば霊となり、さらに上天に至れば神となるというように、崇高な神仙境となった。

西方憧憬が描かれた最初の文献は、戦国末期の成立と考えられる『穆天子伝』であるとされる。穆天子西方遊行の記事は、すでに『左伝』に原型があり、『史記』の「秦本紀」、『列子』の「穆王篇」にも見えるといわれる。

『穆天子伝』によれば、天子は、遠く崑崙の丘に至り、宝玉や奇獣をみて、八駿に乗じて積石の山に赴く。そして、河宗柏夭に導かれてついに崑崙に登ることを記し、西征して、百六十余日、ついに西王母の国に至り、西王母と瑤池において会見し、後、宗周に帰還する。全行程三万五千里に及ぶ。『山海経』の説話を展開させ、穆天子の周遊物語にしたのは後世の附会とされる。

『山海経』（大荒西経）には、(11)

西海《せいかい》の南《みなみ》、流沙《りうさ》の浜《ひん》、赤水《せきすい》の後《のち》、黒水《こくすい》の前《まへ》に、大山《たいざん》有《あ》り。名《なづ》けて昆侖《こんろん》の丘《きう》と曰《い》ふ。神《かみ》有《あ》り、人面虎身《じんめんこしん》、文有《もんあ》り尾有《びあ》り、皆白《みなしろ》く、之《これ》に処《を》る。其《そ》の下《した》に弱水《じやくすい》の淵有《ふちあ》りて之《これ》を環《めぐ》る。其《そ》の外《そと》に炎火《えんくわ》の山有《やまあ》り。物《もの》を投《とう》ずれば輒《すなは》ち然《も》ゆ。人有《ひとあ》り、戴勝《たいしよう》し、虎歯《こし》にして豹尾有《へうびあ》り、穴処《けつしよ》す。名《なづ》けて西王母《せいわうば》と曰《い》ふ。

とあるが、『穆天子伝』における西王母は、天子に觴して恋の歌を歌う永遠の女性として仙女化しており、まさに崑崙の仙境化とマッチするものといわれる。崑崙の名は、『書』の「禹貢」雍州に西戎の国として出る。前漢の武帝の外交使節として大月氏国に赴いた張騫は、安息の長老たちに尋ねても条支にあるといわれる弱山の西王母のあとをみることができなかったとするのに対して、『史記』「大宛列伝」に「禹本紀」を引用し、河は崑崙に出て、崑崙の高さは二千五百余里、日月もこれをさけ、その上に醴泉瑤池があるというが、張騫が見聞していないとすれば、「禹本紀」、『山海経』の所説は信じがたい旨を述べているとされる点は、誠に興味深いものがある。

西方にある霊地崑崙については、『山海経』の中、作成年時を戦国以前とされる五蔵内経の一「西山経」には、

　黄帝《くわうてい》乃《すなは》ち峚山《みつざん》の玉栄《ぎよくえい》を取《と》りて、之《これ》を鍾山《しようざん》の陽《やう》に投《とう》ず。瑾瑜《きんゆ》の玉《ぎよく》を良《りやう》と為《な》し、堅粟精密《けんぞくせいみつ》、濁沢《だくたく》にして光有《ひかりあ》り。五色発作《ごしきはつさく》し、以《もつ》て柔剛《じうがう》を和《やは》らぐ、天地《てんち》の鬼神《きしん》、是《こ》れ食《くら》ひ是《こ》れ饗《きやう》す。

と記している。黄帝は、『穆天子伝』によれば、天子が崑崙の丘に立って黄帝の宮を見たことが記され、『荘子』「至楽」にも、崑崙の丘は、黄帝の休うところとのべている。峚山より鐘山に至るまでは、四百六十里、その間はほとんど沢であり、そこには奇鳥・怪獣・奇魚が多く、みな珍しいものばかりで、さらに西北へ四百二十里で鐘山に達するとのべ、さらに西へ百八十里で泰器の山、さらに西へ三百二十里が槐江の山である。

　丘時《きうじ》の水焉《みづここ》より出《い》でて、北流《ほくりう》して泑水《あうすい》に注《そそ》ぐ。其《そ》の中《うち》に蠃母《らぼ》多《おほ》し。其《そ》の上《うへ》に青雄黄《せいゆうくわう》多《おほ》く、多《おほ》く琅玕《らうかん》・黄金《わうごん》・玉《ぎよく》を蔵《ざう》す。其《そ》の陽《やう》に丹粟《たんぞく》多《おほ》く、其《そ》の陰《いん》に采黄金《さいわうごん》・銀《ぎん》多《おほ》し。実《じつ》に惟《こ》れ帝《てい》の平圃《へいほ》にして、神英招之《かみえいせうこれ》を司《つかさど》る。其《そ》の状《じやう》は馬身《ばしん》にして人面《じんめん》、虎文《こもん》にして鳥翼《てうよく》、四海《しかい》に徇《とな》ふ。其《そ》の音《おん》は榴《りう》の如《ごと》し。

そして、南の方崑崙を望めば、その光こうこうと映え、その気えんえんと立ちのぼると記し、西南へ四百里に崑崙の丘があり、帝の下界の都で、神・陸吾がこれを司る。神の姿は虎身で九つの

尾、人面で虎の爪。獣は羊の如くで四つの角を持ち人を食う。鳥は蜂のようで、大きさは鴛鴦のようである。さらに、遠く流沙をこえた所に郡玉の山があり、豹尾虎歯の西王母がいて、天の厲神と五残とを従えている。まさに崑崙は群神のいる聖地である。「北山経」には、「山には玉多くして石なし」ともあり、本歌謡に歌われた崑崙山の背景としては、前掲記事とあわせ、遠くはるかな西方の崑崙山に対する讃歌と見るべきであろう。単に故事成句を典拠にしたものとする見方は改められてしかるべきであろうと思われる。もちろん、故事成句の淵源は『山海経』などにあるのであろうが、単に理屈の歌とすると、二三〇の歌謡との並列性の意味もなく興味もそぐことになろうと思われる。

白川静氏は「西方のパラダイス」と題し、羌人の火山を言う語の Poulo Condore の音訳で、陸渾、昆留も同じく、瓜州もその対音であり、古い転音の先俞、西俞は、インドの Sumeru と関係があるところから、インドの須弥山と同じとする説を紹介し、さらにバビロンの古い説話に仙山を、Khursag, Kurkura とよび、そこは群神の住む山であり、神々の誕生の地で、神廟と七星壇の建築をいう点から、中国の崑崙、ギリシャのオリンポス、インドのヌメールはみな同じとする説を紹介していて注目される。

また、西王母の国とは、いったいいずれの地を指すかについては、その瑤池を、バルクル・ノール（漢代の蒲類）とし、春秋晴爽のとき蜃気楼が発生すること、近代においてもなお霊地としての信仰を有することを説く小川琢治の説を引き、『穆天子伝』にいう里数などから考えて、ほぼそのあたりと推定される旨を白川静氏は述べている。また氏は、土居光知氏の、タリム河の上流、新疆の西端パミール高地の東麓、カシュガルの仙境と考えられるが、さらにこれをチグリス、ユーフラテス河に求め、崑崙山を両河の源とする火山アララット山にあてるとする説を紹介しつつも、『穆天子伝』に見られる西王母の国については、小川説に賛同するものの、『山海経』『史記』にいう西王母の国は、土居氏の説くように安息よりもさらに西方であることを肯定している。そして、仙郷は、人々の知見の広まりとともに西方に移動し、新たな未知の世界に移される旨を指摘している。西方憧憬は、仏教の西方浄土思想にも見られるとおり、落日への慕情は、常に古代の人の心に宿ったエキゾティシズムであり、特に中国においては、西方は新しい文物がもたらされる秘境であり、遠く山脈のつらなる果てしない地であったが故に、神話生成のルーツとなったものであろう。崑崙山は、その中でももっとも文学性、宗教性豊かなイメージに色彩れた山であった。

漢の武帝が張騫を西域遠征につかわし、黄河の水源地を踏査させたが、ついに伝説化された崑崙山を発見できず、司馬遷も『史記』「大宛伝」で存在を疑っている。同じく河川の水源地という点から、須弥山と崑崙山との類似を考える説があり、崑崙山伝説が須弥山説のもとに成立したと考える説がある。前秦の王嘉は、崑崙山は、西方では須弥山というとするが、これは、当時の急速な仏教思想導入の投影であり、秦漢以前に、古代中国と古代インドとの文化交流がなければ、須弥山説の影響ということはありえないとされている。崑崙山伝説自身が成長し、結果として須弥山説に類似する内容をもつに至ったと考えてよいように思われる。

四　西域の歌謡

以上、『秘抄』に見られる二首の並列される「崑崙山」の歌謡について小見を記したが、ともに、西域の歌謡として持つ特質の豊かさは、誠に大きなものがある。『秘抄』法文歌の中に位置をすえた二歌謡は、遠く、トランスヒマラヤのカイラーサ山とマナサルワ湖と推定される香山と阿耨達池、さかのぼれば、『リグ・ヴェーダ』の神に基づく須弥山思想、蓮華蔵世界など、仏説にとって欠くことのできぬ世界観の淵源の地であり、一方は、中国神話伝説中に根本的な位置をしめる崑崙山である。『秘抄』の編者が、どのような意図で本二首を並列したかは理解できないが、結果として、東洋における二大思想の原型が見られるということは決して偶然ではあるまいと思われる。

仏教は、はるかなるシルク・ロードを通って東漸し、日本において、新たな信仰の世界に再生したといってよいが、より原初的なものへの憧憬は、いつの世にも捨てがたい。

一方、中国神話伝説は、古くより仙人への信仰の根源となっており、『山海経』は『道蔵』にも入り、日本への到来も古い。従って、同じ崑崙山の歌謡が、法文歌に入った理由も分らぬではないし、むしろ、同種に扱うことの方が普通であったかもしれない。

しかし、そのことと成立の根拠と歌謡の解明とは、別次元のことである。特に戦後、著しく進んだ『秘抄』研究の中で、本二首を捉える視野は余りにもせまかったのではあるまいか。西域の歌謡は古くして新しい課題となって、現に研究の対象として実在するのである。

なお、井上靖の作品に「崑崙の玉」があることは広く知られていると思う。永遠なる時間を追求した佳作とされている。

注

(1) 辻直四郎『インド文明の曙―ヴェーダとウパニシャッド』(岩波書店)。なお本文は、辻直四郎訳『リグ・ヴェーダ讃歌』(岩波文庫)を参照した。

(2) インド古代思想については、注(1)の他、金岡秀友『インド哲学史概説』(佼成出版社)、菅沼晃『ヒンドゥー教―その現象と思想―』(評論社)から教えを受けた点が多く、また、『バラモン教典・原始仏典』(中央公論社)の解説をも参照した。

(3) 大山公淳『改訂増補真言宗法儀解説』(高野山出版社)による。

(4) 『国訳一切経』「阿含部」所収。

(5) 河口慧海『チベット旅行記』(壬生台舜校訂)(旺文社)による。

(6) 『望月仏教大辞典』の解説による。

(7) 最近では、「我が国の古讃と敦煌曲子」(『日本歌謡集成』月報一〇・昭和五五年六月)。

(8) 森三樹三郎『中国古代神話』(大雅堂)

(9) 貝塚茂樹『中国神話の起源』(角川書店)。

(10) 白川静『中国の神話』(中央公論社)

(11) 「四部叢刊」本による。なお、『山海経』の内容については、『中国古典文学大系』本所収の高馬三良氏の解説並びに訳に教えられる点が多かった。読みは、『全釈漢文大系』によった。

あとがき

昭和三十五年九月十五日「大谷学報」四〇巻二号に、処女論文「三帖和讃の文学性」がのった。ちょうど三十歳であった。学に志すことのおそかった自分にとって、権威ある学会誌に紹介の労をとられた多屋頼俊博士の学恩は生涯忘れられないものとなった。

今思えば、大東文化大学専攻科の修了論文として、「梁塵秘抄法文歌の研究」を谷鼎先生に提出した当時は、まだ自分の行くべき道は決まらなかった。ちょうどその頃、北海道大学から文部省に移られた新間進一先生を東京上板橋の公舎にお尋ねした。『歌謡史の研究』の著者に初めてお会いしたものの、その頃の自分は、先生にお尋ねし得る確固たる研究課題も学問的素養も乏しいものであったが、先生に親切に励まされ、その後、何度となくお尋ねし、種々の御本を見せていただいた。わたしの関心は、仏教歌謡にあったので、名著とは知っていたものの初めて、『和讃史概説』を見せていただき、お借りすることができた。その折、むさぼり読んだ感慨は忘れられない。仏教歌謡の世界は、私に学問探求への光明と意欲をわきたたせた。自らの内なるものの開顕であったと思う。その後、国立国会図書館に通って、何回となく借り出したであろうか。その当時、この本は、他に借覧する人もないとみえて、いつもわたしの手許にあった。その後、何年後であろうか、やっと、京都の其中堂で入手したときの喜びは忘れられない。歓喜にみちて、河原町通りを歩いた思い出がある。

多屋先生との最初の出会いは、大谷大学の研究室であった。ちょうど新しい研究室へ移られた当時であった。あまり多く語られない先生であったが、わたくしの和讃研究への情熱だけは認めていただけたのではないかと思う。その頃、山本唯一氏、今はなき岡崎知子氏、助手をされていた渡辺貞麿・片岡了氏に初めてお会いした。この頃浜千代清氏とも出会ったように思う。先生には、その後、何回となくお会いし、貴重な抜刷をことごとく恵与せられた。冬の寒い頃、市内岡崎のお宅にまでお伺いしたことがあった。厳しい学問への態度、一字一句もゆるがせにしない実証的な学風は、大きく先生の影響を受けたものである。

昭和三十六年六月、生まれて初めて学会なるもので発表した。東京大学で開催された日本印度学仏教学会で「三帖和讃本文研究の一考察」と題するものであった。

この間、『梁塵秘抄』研究への思いもやみがたく、多くの先輩諸氏にめぐりあった。まず、画期的業績を残された荒井源司氏、『日本古典文学大系』にすぐれた業績を結集された志田延義氏、さらに、後、『日本古典文学全集』本をまとめられた新間先生をまじえ、あるときは、一ッ橋の学士会館で、また、上野で、数回の輪読会に加えていただいた思い出も尽きがたい。やはり、学問は、人との出会いであると思う。今、荒井氏は浄土に還帰し、志田氏は、富山の自坊にもどられた。数回のつどいではあったが、すぐれた先学のなかで鍛えられた体験は筆舌に尽くしがたい。

こんなことがきっかけで、『秘抄』についても十数篇の論文を書くこともできた。その一端は、志田氏によって、『大系』に注記され、また、いくつかの私見が定説化したものもある。

また、その頃野村八良氏を中心とした宴曲研究会が数回、本郷の学士会館で開催された。志田延義氏、新間進一氏、外村久江氏、外村南都子氏、乾克己氏と同席し、きわめて熱心な研究が数回にわたって行われた。宴曲への興味と関心も生まれ、仏教との交流について数篇の論文を発表し、後、吉田幸一氏のおすすめで古典文庫より『宴曲集成』を刊行するもととなった。

さて、和讃を中心とした仏教歌謡の研究をすすめる上で、まずなすべきことは、本文資料の発掘であり、また、『日本歌謡集成』巻四（仏会歌謡篇）に収載されている本文の発掘であった。『歌謡集成』のテキストは、いずれも、底本が明らかでなく本文資料としては不十分である。そんなことから、金もなく暇もないなかで、北嶺・南山他、諸山をたずねた。特に、山の中山玄雄僧正、南山では大山公淳・中川善教教授に身に余る御援助を賜った。叡山文庫で谷川のひびきを聞きながら書写した日々(当時は、コピーなどはなかった)、寂とした高野山大学図書館での資料調査がなつかしく思い出される。

多屋先生の著書に導かれて、桜楓社から『仏教歌謡の研究』を刊行したのは、昭和四十四年五月のことであった。ちょうど四十歳のときである。刊行後、畏友山田昭全氏は、詳細な書評を「国語と国文学」誌上に掲載され、金井清光氏は「時衆研究」にきわめて好意的な書評を書かれた。当時、東大の研究室は、市古貞次教授が主任をされていたと思うが、この書評は、わたくしがどなたに依頼したのでもなく、そのようなお話があったわけでもなかった。これひとえに、諸先輩学友の暖かい学恩に他ならないと思う。刊行後、二、三の大学から学位請求論文として提出するよう話があったが、結局、国学院大学から学位を授与されることとなった。

昭和五十六年一月八日、ＮＨＫ宗教の時間「和讃と御詠歌」に出演したのも、多屋博士からの御推挙であったとのこと、また、昭和五十七年は、恒例の築地本願寺の他、東京本願寺、浅草寺で三帖和讃について講演した。いま、金岡秀友教授、畏友菅沼晃教授のおすすめで、神作光一教授と共に『仏教文化大事典』の編集に助力しているが、これみな、自分の学問スタートにつながることであり、漂泊の身いずれにおもむくとも、会って別れたすべての方々の学恩に感謝せずにはいられない。

以上は、「国文学」（昭和五十七年一月号）にのせた「回想・この一冊―多屋頼俊『和讃史概説』」である。

さて、すでに述べたとおり仏教歌謡、とくに和讃の研究は、わたしの学問の出発であり、なつかしいテーマであり、しかも、今なお興味と関心を持ちつづけているわが人生のテーマである。今回、縁によって、法蔵選書の一冊として本書を刊行するに至ったが、法蔵館は、わが学問の師、多屋頼俊先生が『和讃史概説』を出版された書肆であり、因縁浅からざるものを感ずる。

本書には、高知での生活を中心とした前後の成果を収めたことが思い出深い。高知での生活は四年半にわたったが、その間、東京に育ったわたしは、とくに岬と、その岬に夜々輝く灯台の光に心ひかれた。室戸、足摺は、四国の青い空と山と海、また多くの古蹟とともに、わたしの日々を豊かにした。

日々、高知城を散索し、桂浜に月を賞で、静寂な夜の研究室を愛し、また、東京に往返するという忙しい日々のなかに成った論稿である。

再び東京へもどって、研究著作活動を中心とする生活に帰った。できるだけ世俗との交わりを断ったままに、いくつかのまとまった仕事に集中できたのは、大いなる喜びであった。とくに、寸暇を得ては、比企の丘陵に足をはこび、しばしば初雁の城下を散索する生活にもどり、折節のうつりかわりを楽しんだ。

しかし、昭和六十一年四月からは、再び岐阜の大学にも出講することとなり、また、新幹線を往復する日々を迎える。

本書に収めた論稿の初出はつぎのとおりである。(第一章の三は本書のために書きおろした)

第一章

○仏教歌謡と和讃　(原題「仏教歌謡」「和讃」)『研究資料日本古典文学』五『万葉・歌謡』(明治書院)昭和六十年四月

○和讃の受容と変貌　「仏教文学」第十号　(仏教文学会)　昭和六十一年三月

○顕密復興のうたごえ（原題「和讃―顕密復興のうたごえ」）「国文学解釈と鑑賞」（至文堂）昭和五十八年十二月
○芸能としての和讃（原題「和讃―芸能の諸相」）「国文学解釈と鑑賞」昭和六十年五月

第二章

○浄土讃歌のこころ「東京本願寺報」第二三二号（東京本願寺）昭和五十五年十月
○「三帖和讃」の成立と法文歌「高知大学教育学部研究報告」第二部三〇号 昭和五十三年六月
○「浄土和讃」の文学性（原題「浄土和讃に就きて」）「高知大学学術研究報告」第二十七巻 人文科学 昭和五十四年三月
○「三帖和讃」をめぐる課題「日本歌謡集成」月報十（東京堂出版）昭和五十五年六月

第三章

○南天竺の鉄塔讃歌「高大国語教育」第二十六号（高知大学国語教育学会）昭和五十三年十二月
○崑崙山の歌謡「東洋研究」第六十号（大東文化大学東洋研究所）昭和五十六年三月

和讃の探求は、わたくしにとって今後も終生の課題となるにちがいない。今、わたくしが出講している東洋大学は、かつて清沢満之先生が講義せられ、また織田得能先生が、わが国で初めて仏教文学を講ぜられた大学である。先学のあとをつつしんで、精進の日々をつづけたいと願うものである。

終始積極的な援助を示された法蔵館西村明社長、本書の成る機縁を作ってくださった地人館の豊福伸欣・大角修両氏に感謝の念をささげるものである。

彼岸にふった東京地方の大雪は、春の庭に清浄世界をもたらした。黄梅は、すでに春を知らせて可憐な花びらを散らせている。

昭和六十一年春

著　者

武石　彰夫（たけいし　あきお）

1929年東京に生まれる。1958年法政大学文学部日本文学科卒業。高知大学教授、朝日大学教授、聖徳大学教授などを経て、仏教文化研究所所長。また大学受験ラジオ講座の国語講師も勤めた。文学博士。2011年逝去。

著書に『歌謡文学史』（研文社）、『仏教歌謡の研究』（桜楓社）、『仏教歌謡』（塙書房）、『仏教文学論考』（白帝社）、『現代文の攻略法７則』（三省堂）、『仏教文学の魅力』（佼成出版社）、『精選仏教讃歌集』（佼成出版社）、『仏教文学を読む事典』（編著／佼成出版社）、『仏教和讃御詠歌全集　全３巻』（校訂／国書刊行会）、『三帖和讃絵鈔』（校訂／古典文庫）、『仏教文学辞典』（共編／東京堂出版）、『今昔物語集 本朝世俗部 現代語訳対照　全４巻』（旺文社文庫）など多数。

新装版　和讃　仏教のポエジー

一九八六年一一月三〇日　初　版第一刷発行
二〇二四年　九　月三〇日　新装版第一刷発行

著　者　武石彰夫
発行者　西村明高
発行所　株式会社　法藏館
京都市下京区正面通烏丸東入
郵便番号　六〇〇－八一五三
電話　〇七五－三四三－〇〇三〇（編集）
〇七五－三四三－五六五六（営業）

装幀　山崎　登
印刷・製本　亜細亜印刷株式会社

ISBN 978-4-8318-6702-5 C0315

新装版シリーズ

親鸞のダイナミズム	大峯　顯著	一、八〇〇円
親鸞のコスモロジー	大峯　顯著	一、八〇〇円
現代語訳　親鸞全集　全5巻	真継伸彦訳	各二、二〇〇円
口語訳　教行信証　附領解	金子大榮著	二、七〇〇円
教行信証	星野元豊著	一、八〇〇円
浄土和讃講話	川瀬和敬著	一、四〇〇円
浄土高僧和讃講話	川瀬和敬著	一、四〇〇円
正像末法和讃講話	川瀬和敬著	一、四〇〇円

価格は税別

法藏館